Chère Lectrice,

Dur, dur la vie de couple... ? En effet, la question se pose ! Surtout quand la cohabitation est un brin forcée par les circonstances. Et que le destin confronte avec malice deux tempéraments, deux personnalités opposées : une riche héritière très enfant gâtée et un ancien « dur » rentré dans le droit chemin, que la vie n'a pas ménagé (*La belle et le voyou*, Rouge Passion 808); une citadine intellectuelle et réservée, et un homme des bois qui n'écoute que ses instincts — et quels instincts ! (*Désir sauvage*, 806); une musicienne raffinée qui joue à la gouvernante d'enfant pour se changer les idées, et un rancher brut de décoffrage (*Mélodie pour un cow-boy*, 810). Mais le destin a sûrement ses raisons. D'ailleurs, vous le savez bien, on dit toujours que les contraires s'attirent... Quelquefois, l'attirance devient même une véritable fascination, une obsession, comme pour Kit, follement éprise de son partenaire (*Espionne et amoureuse*, 807). Elle peut aussi faire frémir, tant elle trouble celui qui l'éprouve (*La naufragée*, un roman signé « Frissons », 809). Autant de sensations effrayantes mais tellement excitantes... Et dans certains cas, l'attirance surgit là où on ne l'attend pas : demandez donc à Garrett, qui croyait tout savoir des femmes. Ce séducteur trop sûr de lui s'est fait piéger (*L'erreur d'un séducteur*, 805). Pour son plus grand bonheur, bien sûr. Alors, tout compte fait, dur, dur la vie de couple ?

Bonne lecture !

'lection

L'erreur d'un séducteur

KATE HOFFMANN

L'erreur d'un séducteur

COLLECTION ROUGE PASSION

*Cet ouvrage a été publié en langue anglaise
sous le titre :*
A HAPPILY UNMARRIED MAN

Traduction française de
MARIE BLANC

Ⓗ et HARLEQUIN sont les marques déposées de
Harlequin Enterprises Limited au Canada
Collection Rouge Passion est la marque de commerce de
Harlequin Enterprises Limited.

*Toute représentation ou reproduction, par quelque procédé que ce soit, constitue-
rait une contrefaçon sanctionnée par les articles 425 et suivants du Code pénal.*
© 1995, Peggy Hoffmann. © 1997, Traduction française : Harlequin S.A.
83-85, boulevard Vincent-Auriol, 75013 Paris — Tél. : 01 42 16 63 63
ISBN 2-280-11569-7 — ISSN 0993-443X

1.

— Au fait, qu'est-ce qu'elle porte comme couleur de sous-vêtements ? s'enquit Garrett McCabe en scrutant avec désinvolture la vitrine d'une boutique de lingerie féminine.

Son camarade Truman Hallihan, dit Tru, lui lança un regard de réprobation muette avant de se replonger dans la contemplation d'une affriolante nuisette pourpre. Quant au principal intéressé, Josh Banks, en quête d'un cadeau pour sa jeune épouse, il répliqua d'un ton offusqué :

— Il me semble que ce genre d'informations ne regarde que Taryn et moi !

Garrett leva les yeux au ciel.

— Comme tu voudras, dit-il, mais tu ne sais pas ce que tu perds. Je suis un expert en lingerie : j'ai même toute une théorie là-dessus !

— Ça promet..., marmonna Tru.

— Parfaitement ! insista Garrett. La couleur des sous-vêtements d'une femme livre de précieuses indications sur son tempérament. Ainsi, le rouge dénote la hardiesse, mais aussi un caractère trop dominateur à mon goût. Le blanc est la couleur des prudes et des coincées. Quant à la lingerie à fleurs, méfiance ! C'est

7

celle des têtes folles. Et enfin, bien sûr, il y a les femmes qui portent du noir...

— Taryn met du noir, coupa Josh.

— Petit veinard! commenta Garrett. Ces filles-là sont audacieuses et sans inhibitions! Regarde ce coquin petit bout de chiffon noir, au fond de la vitrine. Voilà ton cadeau tout trouvé!

Josh écarquilla les yeux derrière ses fines lunettes.

— Tu voudrais que j'entre dans cette boutique pour acheter ce... ce machin? s'exclama-t-il, la mine abasourdie.

— Ce machin s'appelle un bustier, expliqua Garrett.

— Ah...? Ma foi, ça ne paraît pas très confortable. L'un de vous connaît-il des femmes qui possèdent ce genre d'accessoire?

— Pas moi, en tout cas, répondit Tru d'un air navré.

Garrett sentit alors les regards de ses deux compagnons converger vers lui, et songea qu'il ferait mieux de méditer sa réponse... Il avait somme toute une réputation de séducteur à maintenir! N'était-il pas le chroniqueur affranchi de « Boys' Night Out », la populaire et très masculine rubrique qui, deux fois par semaine, exaltait dans les colonnes du *Los Angeles Post* les vertus les plus viriles tout en raillant le mariage avec causticité?

— Pour être franc, déclara-t-il enfin, je n'ai encore jamais rencontré une créature pourvue d'un goût aussi exquis. Mais je ne désespère pas!

De fait, il se retrouvait depuis peu le seul de leur petit groupe à mériter le titre de célibataire endurci... Tru, un ancien détective privé, responsable de la sécurité d'une grande firme, avait convolé trois mois plus tôt avec la conseillère conjugale Caroline Leighton, animatrice d'une célèbre émission de radio. Et Josh, expert-comptable de son état, venait tout juste de sauter le pas en épousant une jeune artiste du jet-set nommée Taryn Wilde...

Garrett soupira. Naguère, Tru, Josh et lui vivaient seuls dans trois des appartements de Bachelor Arms, un ancien hôtel particulier au passé romanesque. Mais, à présent, Tru avait emménagé chez Caroline, et Taryn s'était installée chez Josh. Seul un dîner de temps à autre et leur immuable séance de poker du mardi soir chez Flynn leur permettaient désormais de garder le contact ! De toute évidence, lui seul tenait à son indépendance...

D'ailleurs, allez savoir pourquoi ! Car chez les McCabe, tout le monde nageait en plein bonheur conjugal : ses parents, ses grands-parents, et même ses sept frères et sœurs... Une vraie tradition familiale ! Qu'à l'âge de trente-cinq ans, il n'ait toujours pas trouvé l'âme sœur — ni même fait mine de la chercher — restait pour ses proches une inépuisable source d'étonnement et de spéculations. Et il n'osait plus s'attarder à Boston, dans la grande demeure familiale, tant chacun s'ingéniait à lui présenter un maximum d'épouses potentielles !

— Tu devrais vraiment acheter ce bustier, Josh, insista-t-il. Tu verras, tu ne le regretteras pas.

— C'est-à-dire que... j'avais envisagé quelque chose de plus traditionnel, expliqua Josh. Un vrai cadeau d'anniversaire de mariage, tu comprends ? Comme pour les noces d'argent et les noces d'or... Qu'est-ce qu'on offre, en général, au bout de quinze jours de mariage ?

— De la dentelle, répondit Garrett sans hésiter. Deux semaines plus tard, on passe aux petites culottes comestibles et, au bout de deux mois, tout mari attentionné se doit d'offrir à sa femme une panoplie de cuir noir.

Perplexe, Josh se tourna vers Tru, qui secoua la tête en signe de dénégation.

— Non, conclut Josh. Je préfère chercher autre chose. Je sens que cet anniversaire va marquer une étape importante dans ma vie de couple, et je ne veux pas commettre d'impair.

— Soit, répliqua Garrett avec exaspération. Mais fais vite ! J'ai un papier à rendre avant 17 heures, et je n'ai même pas encore trouvé mon sujet. Tu ne veux pas lui offrir un livre ? Tiens ! un livre de cuisine : ça peut toujours servir...

— Bonne idée ! approuva Josh, radieux. Taryn essaie justement d'apprendre à cuisiner. Allons voir à la librairie !

Josh entraîna Tru vers l'escalator le plus proche, et Garrett les suivit en traînant les pieds. Il avait horreur des centres commerciaux, fussent-ils aussi luxueux que le Beverly Center. Ce que la gent féminine pouvait trouver de captivant à ces cent soixante-dix boutiques empilées sur trois étages lui échappait totalement...

En haut de l'escalator, il aperçut une longue file d'attente. Comble de malchance, celle-ci commençait pile à l'entrée de la librairie. Au-dessus de la porte, une banderole annonçait une séance de dédicaces.

— Hé ! Josh, que dirais-tu plutôt d'un flacon de parfum ? suggéra-t-il. De toute façon, la librairie est inaccessible : une certaine Emily Taylor semble avoir choisi précisément ce jour pour distribuer des autographes.

— Emily Taylor ? répéta Tru. Ça alors ! Caroline a tous ses livres ! Elle adore les feuilleter le soir, au lit.

— Au lit ? Comme c'est flatteur pour toi ! ironisa Garrett.

— Caroline est très femme d'intérieur ? demanda Josh.

— Façon de parler... Mais en tout cas, elle s'est abonnée à la revue d'Emily Taylor, *At Home*.

— Taryn lit ça, elle aussi, dit Josh. Sa grand-mère lui passe ses vieux numéros : il y en a toute une pile dans la cuisine.

— Mais qui est cette Emily Taylor ? s'enquit Garrett.

— Une femme au foyer, je crois, répondit Tru. Un genre de ménagère professionnelle...

— Tiens ! Ça existe ? dit Garrett. Je pourrais peut-être faire appel à ses services ! Tu sais, pour mes courses, ma lessive...

— Tu n'y es pas du tout, déclara Josh. Il paraît que cette femme est une véritable artiste. D'ailleurs, c'est pour ça que Taryn veut apprendre à cuisiner comme elle... Quoique, à mon avis, elle ferait mieux de s'en tenir au pop-corn et au jus d'orange. C'est encore ce qu'elle réussit le mieux.

— Plains-toi ! soupira Tru. Caroline s'est mise au jardinage : elle veut des bordures comme celles d'Emily. Du coup, nous avons passé nos trois derniers week-ends à choisir des bulbes et des graines, j'ai remué des tonnes de terre, et j'ai même raté le match de samedi à la télé parce que Caroline n'arrivait pas à mesurer toute seule le pH du sol !

— Ne m'en parle pas ! renchérit Josh. Taryn a décidé de transformer une nappe de dentelle en rideau de douche. J'ai bien essayé de lui expliquer que nous avions les moyens de nous payer un vrai rideau de douche, mais elle s'est mise à pleurnicher que je n'appréciais pas ses efforts à leur juste valeur...

— Alors, ça ! Je n'en crois pas mes oreilles ! s'exclama Garrett. Vous laissez cette Emily Taylor régenter vos vies ?

— Bah ! ce n'est pas si grave, assura Josh. Taryn pense juste qu'elle a besoin de quelques conseils pour devenir une bonne épouse... En tout cas, elle sera sûrement ravie que je lui offre un livre dédicacé par son idole.

— Je ferais bien d'en apporter un à Caroline aussi, déclara Tru, ou elle va me faire charrier du fumier pendant six mois !

Tru et Josh prirent donc la file — par ailleurs exclusivement composée de femmes. Ecœuré, Garrett resta un moment à l'écart, puis se décida enfin à les rejoindre. Si c'était une plaisanterie, il la trouvait saumâtre... Et sinon, il allait devoir s'inquiéter pour la santé mentale de ses deux amis !

— Enfin, les gars, protesta-t-il, vous n'allez tout de même pas faire la queue pour avoir la signature d'une bonne femme ? Ce n'est pas Magic Johnson, que diable !

— Tu ne comprends rien à rien, McCabe, rétorqua Tru. Il n'y a rien de plus divin que de faire plaisir à sa moitié !

— Oh ! oui. Le mariage, c'est vraiment extra ! renchérit Josh. Taryn rend ma vie beaucoup plus excitante !

— Sans blague ! grommela Garrett. Eh bien, moi, je ne suis pas près de me laisser mettre la corde au cou...

A ces mots, Tru et Josh échangèrent des regards entendus.

— Quoi ? Qu'est-ce que ça a de si inconcevable ? reprit Garrett, vexé.

— Rien... Mais que fais-tu de la femme du miroir ? dit Tru.

— Quelle femme ? répliqua Garrett, soudain mal à l'aise.

— Tu sais bien..., insista Josh. Le fantôme ! Celui que tu as vu dans l'ancien appartement de Tru. Tu as oublié la légende qu'Eddie et Bob nous ont racontée ?

Non. Garrett n'avait pas oublié. Il se souvenait même

mot pour mot des élucubrations du barman de chez Flynn et de son pilier de bistrot favori : la dame du miroir était censée n'apparaître qu'à ceux qui verraient bientôt se réaliser leur pire crainte ou leur rêve le plus cher. Et tant d'invraisemblables histoires de meurtres et de revenants circulaient autour de Bachelor Arms que même lui avait fini par s'imaginer voir quelque chose dans ce miroir ! Mais de là à prendre ces délires au sérieux...

— Ne me dites pas que vous croyez aux spectres, maintenant ! protesta-t-il.

— En tout cas, j'ai vu cette femme, répliqua posément Tru. Et Josh aussi l'a vue.

— Bon, d'accord, dit Garrett, faisant mine de se rendre à cet argument. J'admets que, moi aussi, j'ai parfois imaginé une femme ou deux dans ma chambre, après avoir bu quelques bières de trop. Mais un fantôme femelle dans un miroir, jamais !

— Plaisante tant que tu veux, répondit Tru. Rira bien qui rira le dernier...

— Oui ? Eh bien, pour l'heure, ce qui me fait bien rire, c'est que vous êtes en train de vous laisser mener à la baguette par une vulgaire ménagère. Je me demande même si ça ne ferait pas un bon sujet d'article !

— A ta place, je ne toucherais pas à Emily Taylor ! chuchota Josh en jetant un coup d'œil alarmé aux femmes qui les entouraient. Autant déclarer la guerre à tout le genre féminin !

— Tu crois que je vais me laisser impressionner par une ridicule petite bonne femme armée d'un rouleau à pâtisserie ?

De fait, une petite dame brune et boulotte se tenait assise à une table à quelques mètres d'eux, les cheveux noués en chignon, une paire de lunettes perchée au bout du nez...

Attrapant négligemment un exemplaire du dernier ouvrage de la diva des fourneaux, Garrett entreprit de le feuilleter. Il y était question de barbecues et autres repas en extérieur...

Il ébaucha un sourire : la dernière fois qu'il avait dîné en plein air, c'était pour avaler un hot dog et une bière pendant un match de base-ball ! Quant aux charmants petits pique-niques sur des nappes immaculées et sans un insecte en vue... qui pouvait encore croire à des inepties pareilles ?

Sentant l'inspiration prête à couler à flots, il faillit se mettre en quête d'un bout de papier pour rédiger son article, puis se ravisa. Quitte à être là, autant aller examiner de plus près sa prochaine victime !

Tandis que Josh et Tru s'éloignaient, leurs exemplaires dédicacés à la main, il s'approcha donc de la table et tendit son livre à la petite dame au chignon. Celle-ci le dévisagea avec lassitude, puis inclina la tête vers la gauche.

— Vous n'avez qu'à écrire : « Pour le meilleur écrivain que j'aie jamais rencontré », déclara Garrett sans s'émouvoir.

Mais elle roula de gros yeux et inclina de nouveau la tête.

Pour une ménagère modèle, elle semblait bien agitée, songea-t-il. Une overdose d'encaustique, peut-être ? Voilà qui était ennuyeux... Il risquait de se faire mal voir s'il se moquait d'un être humain affligé d'un tic facial aussi prononcé !

— Que souhaitiez-vous qu'Emily Taylor écrive ? demanda-t-elle enfin en passant le livre à une jeune femme assise à son côté.

Interloqué, Garrett dévisagea l'autre femme. Rien d'étonnant à ce qu'il ne l'ait pas remarquée plus tôt ! Il n'avait jamais vu quelqu'un d'aussi effacé... Ses traits

14

pâles et délicats étaient entourés d'un halo de cheveux roux, et elle portait une robe à fleurs qui dissimulait presque entièrement ses formes. A première vue, elle semblait tout à fait incolore, inodore et sans saveur! Mais quand elle leva vers lui de sublimes yeux verts, il éprouva le besoin de mieux la regarder...

— C'est vous, Emily Taylor? demanda-t-il.

— Oui, c'est elle, intervint la dame brune. Elle est ravie de vous rencontrer. Et maintenant, que voudriez-vous qu'elle inscrive sur votre livre?

Comme attiré par un aimant, Garrett se tourna de nouveau vers la jeune femme. Mais, les yeux à présent fixés sur ses mains sagement croisées, elle semblait aussi figée et distante qu'un mannequin dans une vitrine.

— Je croyais que vous... enfin, à vrai dire, je ne vous imaginais pas comme ça, avoua-t-il en lui tendant la main.

Elle leva de nouveau les yeux, mais sans esquisser le moindre geste ou sourire, et l'atmosphère devint franchement glaciale.

— Je crains que Mme Taylor n'ait guère le temps de faire la conversation, reprit la brune. Il y a encore beaucoup de gens qui attendent pour la voir... Pourriez-vous laisser la place à la personne suivante, s'il vous plaît?

— Mais elle n'a pas encore signé mon bouquin, protesta Garrett, le regard rivé aux surprenantes prunelles de la jeune femme.

Celle-ci cligna soudain des yeux, comme si elle s'éveillait d'un long rêve, puis ouvrit le livre et le signa d'une écriture ronde et précise. Enfin, elle rendit l'ouvrage à Garrett.

— Merci beaucoup, murmura-t-elle avec un sourire artificiel avant de replonger dans son mutisme.

— Non..., merci à vous, madame! répliqua-t-il d'un ton narquois avant de s'éloigner.

Ses compagnons l'attendaient au rayon des magazines. Il les rejoignit en se frottant ostensiblement les bras.

— Brrr, il gèle, là-dedans ! s'exclama-t-il.

— Ah ? Tu trouves ? fit Josh, l'air surpris.

— Allons, allons, Garrett ! s'esclaffa Tru. Tu ne l'as pas fait fondre ? Charmeur comme tu l'es ?

— Qui devait fondre ? s'enquit Josh, dont la perplexité ne faisait que croître.

— La reine des ménagères, expliqua Garrett avec une grimace. Pas moyen de la dégeler : elle doit dormir dans son frigo. Mais je m'en vais l'assaisonner à ma propre sauce, et je vous jure que ce sera gratiné ! Vite, les gars, sortons d'ici ! J'ai un papier à écrire...

— Ne compte pas sur moi pour retourner là-bas, déclara Emily en s'arc-boutant contre une des étagères de la réserve de la librairie. Quand je pense qu'il y avait même des hommes !

Un lourd silence s'ensuivit, et Emily se prit à espérer. Peut-être avait-elle enfin réussi à convaincre son amie et associée, Nora Griswold, de renoncer à ses grandioses idées promotionnelles ?

— Emily, répliqua enfin Nora, ce sont tes admiratrices : elles ont juste envie de te voir en chair et en os. Tu sais bien que, en Californie, tes livres partent comme des petits pains !

— Justement ! J'ai l'impression de leur vendre de la poudre de perlimpinpin... Et le pire c'est que, si je les regarde en face, elles vont toutes s'en rendre compte ! Elles s'attendent à voir le nec plus ultra de la ménagère moderne, pas une vulgaire névrosée incapable d'articuler deux mots en public !

16

— Tu es le nec plus ultra de la ménagère moderne. Et toutes les femmes de ce pays t'aiment et te respectent. Grâce à toi, tenir sa maison est devenu une occupation enviable et créative. Pense à toutes ces femmes surmenées qui rêvent de pouvoir rester chez elles pour bricoler et cuisiner comme toi !

— Dans ce cas, qu'est-ce qu'elles fichent ici, au lieu d'aller peindre leurs abat-jour ou de confectionner des meringues ? Je suis quelqu'un de très insignifiant, Nora : j'ai arrêté mes études après le bac, je n'ai aucune expérience professionnelle, je n'ai même plus de mari... Comment veux-tu que je devienne une vedette, du jour au lendemain ?

— Que ça te plaise ou non, tu es déjà une vedette. De plus, nous devons montrer aux Publications Parker que tu es bien la cheville ouvrière de notre magazine, et que tu es prête à te mettre en avant pour le promouvoir.

Atterrée, Emily se laissa tomber sur une chaise, et piocha dans l'assiette de gâteaux que le gérant de la librairie avait laissés à leur disposition. Des sablés de fabrication industrielle... mais néanmoins authentiquement britanniques, elle en aurait mis sa tête à couper ! Elle venait de réaliser un dossier sur les sablés pour *At Home*, et avait mis un point d'honneur à goûter toutes les marques disponibles aux Etats-Unis. Bien sûr, elle avait aussi proposé aux lecteurs sa propre recette, et avait même passé une semaine en Angleterre à courir les antiquaires, en quête de moules à sablés anciens...

— D'abord, qu'est-ce qui nous oblige à vendre *At Home* ? dit-elle en attaquant un deuxième sablé. J'aimais bien travailler avec Arnie Wilson. Lui, au moins, ne m'a jamais parlé de dédicaces ni d'interviews...

— Tu sais pertinemment qu'Arnie s'apprête à prendre sa retraite. Et nous devrions être reconnaissantes au grand Richard Parker de daigner s'intéresser à notre petite publication. Avec lui, fini les budgets de misère ! Et il va faire de toi une vraie célébrité...

— Mais je suis déjà trop célèbre ! Tout ce que je demande, c'est de pouvoir travailler en paix sur mes petits projets...

— Et zut ! Quand je pense que tout ça, c'est la faute de ton salopard d'ex-mari ! grommela Nora.

— Qu'est-ce que Eric vient faire là-dedans ?

— C'est lui qui t'a ôté toute confiance en toi.

— Par pitié, Nora, épargne-moi tes interprétations sauvages, soupira Emily en attrapant un troisième sablé. Chaque fois que tu découvres un nouveau psy, tu me sors une énième explication de mes prétendus problèmes. Je suis juste un peu timide, voilà tout.

— Timide ? A côté de toi, Howard Hughes était un amuseur public ! rétorqua Nora en confisquant le reste de l'assiette. Tu devrais essayer une psychanalyse. Ou au moins un petit stage d'entraînement à l'affirmation de soi... Même quelques cours de yoga te feraient du bien, je t'assure !

— Je n'ai pas besoin de me soigner, Nora. La timidité n'est pas une maladie.

— Ah non ? Tu n'as pas prononcé plus de vingt mots tout à l'heure. Dont la moitié étaient « merci » et l'autre moitié « beaucoup » ! Enfin, c'est pourtant toi qui nous as appris à rendre une réception chaleureuse, à décorer nos murs et nos fenêtres pour leur donner un air de fête ! Tes lectrices s'attendent à ce que tu sois dynamique et pétillante comme une coupe de champagne ! Il serait temps que tu apprennes à gérer ton image...

— C'est bon, soupira Emily en se levant. Retournons signer ces maudits bouquins.

— Non, attends ! Il y a une autre chose dont je dois te parler, d'abord.

Emily retomba aussitôt sur sa chaise.

— Ne me dis pas que tu as prévu une autre séance de dédicaces ? s'exclama-t-elle.

— Non, il s'agit juste d'une petite réception... donnée après-demain en ton honneur par Richard Parker, pour célébrer le début des négociations.

— Une « petite » réception ? Qu'est-ce à dire ?

— Eh bien... quelque chose de relativement intime.

— Mais encore ?

— Ecoute, je n'allais tout de même pas demander à Parker la liste de ses invités...

Emily décocha à son associée un regard peu amène. De fait, Nora était la seule personne à laquelle elle pût un tant soit peu tenir tête sans se trouver aux prises avec un intolérable sentiment d'angoisse et de culpabilité...

— Bon, d'accord, reprit Nora. Il y aura une petite centaine de personnes. Mais cela se passera chez lui, à Beverly Hills.

— Chez lui ? Comme c'est rassurant ! Enfin, tu sais bien que je déteste les réceptions ! Dès que j'entends parler de politique ou des actualités, je n'ai plus qu'une envie, c'est d'aller me cacher sous une table !

— Emily, Emily... Il y a un cours de pensée positive qui va bientôt commencer près de chez nous. Tu devrais vraiment t'y inscrire.

— Inscris-toi donc à ma place. Je parie que tu ne manqueras pas de me transmettre la bonne parole.

— Pour une timide, tu n'as pas ta langue dans ta poche ! riposta Nora en agitant un index menaçant.

— Excuse-moi, répondit aussitôt Emily, mortifiée. Je ne voulais pas me montrer vexante ou ingrate. Tu me pardonnes ?

— Je plaisantais, soupira Nora, je plaisantais ! Si seulement tu ne prenais pas tout tellement au tragique...

Bon, écoute : je vais nous chercher deux cafés, puis nous passerons au deuxième round. Et, cette fois, je veux que tu bavardes avec tes fans.

— Tiens, à propos ! Et si nous préparions un dossier sur le café ? s'exclama Emily, s'empressant de détourner la conversation. Ce serait passionnant, non ?

— Tu penses trop au boulot, Emily.

— Et à quoi d'autre voudrais-tu que je pense ?

— Aux hommes, par exemple...

— Ça, c'est ton obsession, pas la mienne. Et puis, j'ai déjà du mal à aligner deux mots devant tes vieux chats sans me sentir gênée : comment veux-tu qu'un homme me trouve intéressante ?

— Et ce bel échantillon de virilité qui attendait ton autographe, tout à l'heure ?

— Quel échantillon ? Je ne vois pas ce que tu veux dire.

— Tss tss ! Ce grand blond au profil grec qui voulait te raconter sa vie. Je veux bien avaler trois chapeaux s'il n'essayait pas de te draguer !

— Je n'ai rien remarqué... J'étais bien trop occupée à me demander comment quitter cet horrible endroit !

— Emily ! ton cas est vraiment désespéré...

— Allons, Nora, va donc chercher les cafés. Pendant ce temps, j'essaierai de me préparer à affronter la meute.

— O.K. Mais dépêche-toi. Notre pause est presque terminée.

Nora disparut derrière le rideau qui séparait la réserve du magasin, et Emily laissa échapper un long soupir.

Nora n'avait pas tort. Tôt ou tard, elle devrait bien apprendre à dépasser ses peurs pour affronter la brillante carrière qui s'ouvrait à elle... Hélas, elle n'avait jamais su s'attaquer aux problèmes de front ! Enfant déjà, terrifiée à l'idée de déplaire, elle veillait toujours à ne pas se faire remarquer, tablant sur ses manières sages et sa bonne volonté pour gagner l'approbation d'autrui... Son père, un riche homme d'affaires, n'avait guère le temps de s'occuper d'elle, sa mère était accaparée par l'organisation d'innombrables galas de bienfaisance, et ses trois frères étaient déjà grands quand elle était née... A vrai dire, la première personne à sembler s'intéresser à elle avait été Eric !

Elle l'avait épousé le lendemain de son dix-huitième anniversaire : une cérémonie grandiose, qui avait scellé l'union de deux très anciennes familles de Newport. Puis Eric, de plus en plus souvent absent, avait gravi les échelons dans l'entreprise de son père tandis qu'elle-même restait au foyer. Farouchement opposé à ce qu'elle cherche du travail, Eric avait aussi tourné en dérision toutes ses velléités de reprendre des études, si bien que, à défaut d'autres occupations, elle s'était employée à devenir une femme d'intérieur aussi accomplie que possible, s'inscrivant à d'innombrables cours de cuisine et de décoration...

Las ! Cela n'avait pas suffi à retenir Eric. Un beau jour, il était parti, sans un mot d'explication. Et après cinq ans de ce qu'elle avait pris pour un mariage réussi, elle s'était soudain retrouvée comme veuve... Et avec des économies qui fondaient à vue d'œil ! Trop fière pour réclamer un sou à sa famille, elle s'était alors rabattue sur la seule chose qu'elle savait faire : comme elle n'avait jamais trouvé de manuel de décoration à son goût, elle avait eu l'idée d'essayer d'en concevoir un qu'elle eût aimé acheter. Le résultat final, *Decorating for the Holidays*, avait été refusé par une dizaine de maisons d'édition avant qu'un professionnel plus audacieux que les autres se risque enfin à le publier...

Il était temps ! Son maigre chèque d'avance sur

droits lui avait tout juste permis de rembourser quelques dettes mais, un mois plus tard, à sa grande surprise, elle s'était vu proposer un nouveau contrat, pour deux livres cette fois. Trois ans et quatre autres manuels plus tard, Nora avait frappé à sa porte, armée d'une proposition : pourquoi ne pas tirer de ses livres une publication mensuelle ? Elle était prête à assumer la direction et la gestion du magazine, si seulement Emily acceptait de mettre sa créativité dans l'affaire...

Comme toujours, Emily avait d'abord été tentée de refuser. Mais il lui restait encore une foule de traites à payer, et Nora avait su se montrer d'autant plus persuasive qu'elle se trouvait confrontée à la même situation — un mari qui l'avait plaquée, des dettes qui ne cessaient de gonfler et une ferme à retaper, peuplée de surcroît par sept chats affamés !

Au détour d'une revue locale, elles avaient découvert l'existence d'Arnie Wilson, à qui Nora avait fini par arracher un accord pour imprimer *At Home* pendant un an, en échange d'une part des bénéfices éventuels. Arnie n'avait pas eu à le regretter, et leur partenariat s'était pérennisé...

Si seulement cela avait pu durer éternellement !

Avec un nouveau soupir, Emily se leva, et se mit à arpenter la pièce à pas lents, s'efforçant de se détendre. Elle en était à son troisième circuit quand, sur un rayonnage étiqueté « Développement personnel », le titre d'un ouvrage du Dr Rita Carlisle, *Affirmations Made Easy*, attira son attention. Elle n'avait jamais accordé beaucoup d'importance au verbiage psychologisant dont Nora semblait si friande. Mais, après avoir feuilleté quelques pages, force lui fut d'admettre qu'elle pourrait peut-être tirer quelque profit des recommandations du Dr Carlisle...

« J'ai confiance en moi et je suis fière de ma réussite,

se mit-elle à murmurer. Enfin, je crois. Parfois. Peut-être. »

Avec un gémissement d'exaspération, elle reposa le livre sur son étagère. Qu'est-ce qui lui prenait de parler toute seule ? A croire qu'elle avait vraiment besoin d'un psy !

Elle fit encore trois fois le tour de la pièce, puis se résolut à une nouvelle tentative. « J'ai confiance en moi et je suis fière de ma réussite. » Curieux... cela semblait déjà plus facile. « J'ai confiance en moi et je suis fière de ma réussite, reprit-elle d'une voix plus ferme. Et peut-être que, si je le répète assez souvent, je vais finir par y croire ! J'ai confiance... »

Le rideau de la réserve s'écarta soudain, et Nora glissa la tête à l'intérieur.

— J'ai les cafés, dit-elle. Tu es prête ?

Rassemblant tout son courage, Emily hocha la tête.

— A qui parlais-tu ? reprit Nora.

— A personne, répliqua Emily d'un air détaché.

Mais, en se dirigeant vers la porte, elle se répéta mentalement : « Je vais essayer d'avoir davantage confiance en moi... Et je cesserai de me sentir mal chaque fois que je dois parler à des inconnus ! »

2.

Lorsque Garrett quitta Bachelor Arms, le lendemain matin, le soleil baignait l'enduit rose de la façade d'une jolie lumière. Toutefois, il n'eut guère le temps d'apprécier le spectacle. La sonnerie du téléphone l'avait tiré du lit à 7 heures : Don Adler, son rédacteur en chef, le convoquait au journal toutes affaires cessantes. Quelle mouche l'avait donc piqué ?

Vingt minutes plus tard, Garrett se garait à l'emplacement qui lui était réservé devant l'immeuble du *Post*.

— Comment as-tu pu écrire des choses pareilles ! hurla Adler dès qu'il le vit arriver dans son bureau.

— C'est gentil de me dire bonjour, maugréa Garrett en s'affalant dans un fauteuil. Quel est le problème ?

— Le problème ? Mais c'est ta dernière chronique, le problème !

— Tu l'as lue avant qu'elle soit mise sous presse, Don. Et tu m'as dit que tu avais adoré.

— Tu vas me rédiger tout de suite une rétractation.

— Hein ? Que veux-tu que j'écrive ? « Le *L.A. Post* regrette, mais cet article n'aurait jamais dû être aussi drôle » ? Tu es tombé sur la tête, ou quoi ?

— Non. Sur Richard Parker.

— Et alors?

— Comment ça, et alors?! Parker est le P.-D.G. des Publications Parker : ce journal lui appartient. Et je peux dire adieu à mon poste si je ne répare pas ta gaffe rapidement !

— Attends, laisse-moi deviner : la femme de Parker est une grande admiratrice d'Emily Taylor?

— Non! Parker est un grand admirateur d'Emily Taylor! A telle enseigne qu'il envisage de lui racheter son magazine. Et l'affaire semblait dans la poche, jusqu'à ce que tu viennes tout foutre en l'air !

Garrett soupira. A vrai dire, il doutait fort que quiconque puisse menacer les transactions de ce requin de Parker. Mais à présent, au moins, il savait dans quel camp se trouvait Adler !

— C'était de l'humour, Don, répliqua-t-il enfin. Tout le monde le sait, et Parker aussi devrait le savoir. Cette fille ne peut-elle comprendre la plaisanterie ?

— « La grande-prêtresse des fines herbes »? « La star du chintz »? « La diva du balai-brosse »? Très drôle.

— Je trouve. Sans quoi je ne l'aurais pas écrit.

— Tu vas m'arranger ça, McCabe. Et vite. Ou tu es bon pour rédiger les notices nécrologiques pendant les dix prochaines années. Emily Taylor peut rapporter beaucoup plus aux Publications Parker que ta minable petite chronique. Alors, si tu tiens à ton gagne-pain, je te conseille de t'excuser sans plus tarder auprès d'elle.

— Quoi? Tu voudrais que je lui présente mes excuses pour un billet d'humeur?

— Parfaitement. Parker y tient.

— Jamais de la vie! J'aime encore mieux rédiger les nécros. Et mes nécros seront si drôles que les gens achèteront le *L.A. Post* rien que pour les lire !

— Enfin, McCabe, tu ne vas tout de même pas bousiller ta carrière pour une bêtise pareille !

Garrett se leva et faillit sortir. Puis il se ravisa.

— Don, que fais-tu du premier amendement de la Constitution ? demanda-t-il. Celui qui garantit la liberté d'expression ?

— Il n'y a rien dans cet amendement qui me garantisse mon salaire, McCabe. Ni le tien. C'est Parker qui nous paie. Et sa dernière lubie, c'est Emily Taylor.

Alors, ulcéré, Garrett claqua la porte et se dirigea en vociférant vers le box vitré qui lui servait de bureau.

— Alvin ! Alvin, où es-tu passé ? cria-t-il en chemin.

Le stagiaire Alvin Armstrong, factotum et souffre-douleur en titre de tous les journalistes du *Post*, accourut. Bien qu'Alvin appartînt officiellement au service des sports, la plupart des reporters sportifs, las de ses incessants bavardages, étaient ravis de le prêter à leurs collègues. Transfuge de l'école de journalisme d'UCLA, ce gamin dégingandé ne devait pas avoir plus de dix-neuf ou vingt ans, et ne les faisait même pas...

— Tout bien considéré, monsieur McCabe, je préférerais qu'on m'appelle Alex, déclara Alvin avec gravité. Alex Armstrong. Ça sonne mieux pour un reporter sportif.

— Alvin, Alex, comme tu voudras. Il faudrait que tu ailles me commander une douzaine de roses chez un bon fleuriste. Ou plutôt deux douzaines. Des roses jaunes.

— Vous avez quelque chose à vous faire pardonner ? commenta Alvin avec un sourire finaud. Ah ! les femmes ! Comme dit le proverbe...

Peu disposé à entendre ces débordements de sagesse populaire, Garrett l'interrompit sèchement :

— Mais d'abord, tu vas me trouver l'adresse d'une certaine Emily Taylor. C'est la...

— Oh, je sais qui c'est, coupa Alvin d'un air entendu. Les Publications Parker sont en train de négocier l'achat de son magazine. Même que M. Parker lui prête sa villa de Malibu pendant son séjour ici.

— Comment le sais-tu ? s'exclama Garrett, sidéré.

— J'ai un ami qui travaille au courrier, expliqua Alvin à voix plus basse. Parker a prévu une grande fiesta pour Mme Taylor demain soir, dans sa maison de Beverly Hills, et c'est mon pote qui s'est occupé des invitations.

— Une réception en son honneur ? Et puis quoi encore ?

— Hé, si vous la voyez, vous ne pourriez pas lui demander un autographe pour ma mère ?

— Mon invitation a dû s'égarer, grommela Garrett, vexé.

— Oh ! Suis-je bête ! Ils ont dû vous rayer de la liste à cause de votre chronique d'hier..., pouffa Alvin. Il faut dire que vous n'y êtes pas allé de main morte ! « La gourette mégalo de la secte des bâfreurs de canapés au concombre... »

Garrett le fit taire et l'entraîna vivement dans son bureau.

— Y a-t-il moyen de savoir où elle se trouve, à cette heure ? demanda-t-il.

— Je pense. La secrétaire de M. Parker a son emploi du temps.

— Parfait. Tu iras lui livrer les roses toi-même.

Sur ce, Garrett attrapa une feuille de papier et se mit à marmonner pour lui-même, au fur et à mesure qu'il écrivait :

— « Chère madame Taylor, navré si mon article d'hier vous a déplu. J'espère que vous ne l'avez pas pris pour une attaque personnelle : telle n'a jamais été mon intention. Bien à vous, Garrett McCabe. » Tiens, ajouta-t-il en fourrant le billet entre les mains d'Alvin, tu mettras ça avec les roses. Et quand tu auras fini, reviens me raconter très exactement ce qui s'est passé. Comme un bon reporter.

— J'aurai besoin d'argent, pour les fleurs et le bus, fit observer Alvin.

Garrett tira alors de sa poche les clés de sa voiture, et les tendit au stagiaire.

— Si tu lui fais la moindre éraflure, je t'étrangle, prévint-il. Laisse la capote fermée, évite les autoroutes, et reste toujours au moins vingt kilomètres/heure en dessous des limites de vitesse. C'est clair ?

— Waouh ! s'exclama Alvin. Vous allez me laisser conduire votre Mustang ?

— Et c'est le *Post* qui paye les roses. Dépêche-toi. Moi, j'ai un article à écrire, déclara Garrett en s'installant devant son ordinateur.

Mais une heure plus tard, son écran était toujours vide...

Garrett se frotta les yeux. A quoi bon ? De toute manière, il n'arriverait pas à écrire un mot tant qu'il serait d'une humeur aussi massacrante ! Songer que lui, à qui le *L.A. Post* devait d'avoir presque doublé sa diffusion auprès des hommes de vingt et un à trente-cinq ans, se retrouvait désormais obligé de lécher les bottes d'une ménagère professionnelle aimable comme une porte de prison, quelle injustice !

Peut-être était-il temps qu'il se mette à son compte...

Cela lui aurait permis de vivre n'importe où, pourvu qu'il disposât d'un ordinateur et d'un fax... L'image d'une cabane de montagne au bord d'un lac lui traversa l'esprit, l'entraînant dans une douce rêverie. Il aurait pêché le matin, écrit l'après-midi et lu des classiques le soir, ou regardé la chaîne des sports à la télévision... La belle vie, quoi !

— Monsieur McCabe ?

Brutalement ramené au présent, Garrett décrivit un demi-tour sur son fauteuil. Alvin se tenait dans l'embrasure de la porte, un long carton de fleuriste dans les bras.

— Qu'est-ce qui t'arrive? Tu ne l'as pas trouvée? demanda Garrett.

— Si. J'ai tout fait comme vous m'aviez dit. Son associée est allée lui porter les fleurs. Mais quelques minutes plus tard, elle est revenue avec le carton et m'a dit de partir.

Alvin ouvrit alors la boîte et, sous les yeux médusés de Garrett, vingt-quatre tiges décapitées en dégringolèrent, suivies par vingt-quatre boutons de roses et le billet d'accompagnement réduit en confettis.

— A mon avis, monsieur, le message est clair, commenta Alvin d'un air compatissant. Cette fille vous en veut à mort.

— Peut-être, Alvin, peut-être, grommela Garrett entre ses dents. Mais elle n'imagine pas encore à quel point je peux me montrer charmant, à mes heures...

— C'est affreusement terne! murmura Emily, consternée, en contemplant la table du studio de photo.

Elle venait de passer trois heures à tenter d'y disposer de façon harmonieuse un échantillonnage des champignons disponibles au printemps aux Etats-Unis, shi-ta-ké compris. Mais, avec le recul, le résultat n'avait rien de satisfaisant.

— Que veux-tu, dit Nora, ces fichus champignons sont tous marron, gris ou blancs: il n'y a pas grand-chose à faire pour les égayer, à part les napper de sauce tomate.

— Il doit pourtant y avoir moyen de les faire ressortir! Nora, s'il te plaît, va dire à Colin que je veux davantage de couleur.

— Non.

— Tu ne trouves pas cette présentation trop fade?

— Bien sûr que si. Mais ne compte pas sur moi pour aller le dire à Colin: la dernière fois que je lui ai fait une suggestion de ce genre, à propos de tes dix-sept variétés de courge, il m'a dit que je pouvais me les mettre où je pense ! J'en ai assez de me taper tout le sale boulot. Tu n'as qu'à lui parler toi-même.

— Mais je n'oserai jamais ! Colin est le meilleur photographe de la côte Ouest ! Nous avons déjà bien de la chance qu'il accepte de travailler pour nous... Au fond, cette page ne sera peut-être pas si mal comme ça.

— Ecoute, c'est pourtant simple : tu veux plus de couleur ? Demande à ton photographe d'en rajouter. C'est toi le chef ! Affirme-toi, un peu.

— M'affirmer ? Mais ça devient une obsession !

— Emily, nous avons une chance unique de faire d'*At Home* le must de la presse féminine. Mais pour ça, tu vas devoir apprendre à gérer toute une équipe. Alors, entraîne-toi. Commence par Colin.

Ce dernier venait justement d'entrer pour ajuster l'éclairage autour de la table.

Emily soupira. Nora avait certes raison. Mais était-ce bien raisonnable de risquer une brouille avec leur photographe ?

« J'ai confiance en moi et je suis fière de ma réussite », se répéta-t-elle mentalement pour se mettre en condition. Puis elle s'éclaircit un peu la gorge.

— Colin ? fit-elle d'une voix douce.

Comme l'intéressé ne se retournait même pas, elle jeta un coup d'œil implorant à Nora. En vain.

— Colin ? reprit-elle alors, hésitante. J'aimerais, euh... discuter de cette photo avec vous. Je trouve que... il n'y a pas assez de couleur, conclut-elle dans un souffle.

Occupé à déplacer un câble, Colin jeta un coup d'œil distrait par-dessus son épaule.

— Hum ? Vous dites ?

— Cette présentation est trop terne, insista Emily. Peut-être pourrions-nous rajouter quelques éléments naturels ? De la mousse, par exemple...

— De la mousse ? répéta le photographe en levant un sourcil.

— Oui. J'aimerais que vous mettiez ces champignons en valeur avec quelques éléments tirés de leur milieu naturel. Des morceaux d'écorce, des feuilles de couleurs différentes, des cailloux, des fougères... peut-être même quelques fleurs des champs. Ça devrait rendre l'ensemble plus attrayant.

Colin la dévisagea sans mot dire. Puis, au bout de ce qui parut à Emily une éternité, il se borna à hausser les épaules.

— Pas de problème, déclara-t-il. Je m'en occupe.

— Vous... vous voulez bien ? balbutia-t-elle.

— Bien sûr. C'est vous qui décidez.

Soulagée, elle adressa de silencieux remerciements au Dr Carlisle tandis que Colin allait transmettre ses instructions à ses assistantes. Enfin, elle se tourna vers Nora.

— Alors, dit-elle, tu es contente ?

— Mais oui ! Et toi, comment te sens-tu ?

— Bien, répliqua Emily avec un sourire. Très bien, même ! Je me sens presque prête à affronter un tigre !

— Excellent ! Maintenant que te voilà dans de si bonnes dispositions, nous pourrions peut-être en profiter pour régler un dernier petit détail concernant la réception chez Parker...

Emily poussa aussitôt un gémissement horrifié. A la simple idée de cette soirée, elle sentait déjà toutes ses bonnes résolutions s'évanouir ! Par chance, Becky, une des assistantes de Colin, vint interrompre leur conversation.

— Mme Taylor ? Il y a un M. Garrett McCabe qui veut vous voir. Il dit que vous l'attendez sûrement.

— Oh non ! murmura Nora. Le diable en personne qui rapplique !

— Le diable ? répéta Emily, perplexe. Qui est ce monsieur ?

— Dites-lui que Mme Taylor est trop occupée pour le recevoir, ordonna Nora.

Mais Becky n'eut pas le temps de transmettre le message. Un individu fit soudain irruption dans la pièce et se dirigea droit sur Emily. Son visage était dissimulé par un énorme bouquet de chrysanthèmes multicolores.

— Tenez, fit-il en fourrant le bouquet entre les bras d'Emily.

Pour un livreur, c'était un sacré malotru ! songea-t-elle. Toutefois, à la réflexion, il ne lui semblait pas totalement inconnu... Grand, hâlé, bien découplé, il portait une veste de sport, un pantalon à pli et une chemise assortie à ses yeux bleus... Des yeux qui scrutaient les siens avec une expression glaciale !

— Je... je vous connais ? s'enquit-elle en frissonnant.

Un sourire ironique se peignit sur les lèvres du visiteur.

— Si ce genre de plaisanteries vous amuse, madame Taylor, à votre guise. Pour ma part, je suis venu vous présenter officiellement mes excuses. Et autant dire que vous avez intérêt à les accepter.

— Je suis navrée, je ne comprends pas de quoi vous voulez parler..., bredouilla Emily sans pouvoir détacher son regard du séduisant visage de ce mystérieux interlocuteur.

— Ne jouez pas les idiotes avec moi ! riposta-t-il. Je sais exactement à quoi m'en tenir sur les femelles de votre espèce. Vous avez peut-être pu tromper Parker, mais pas moi !

Emily se sentit rougir. Pourquoi cet homme si beau se montrait-il si grossier avec elle ?

— Monsieur, commença-t-elle, monsieur...

— McCabe, coupa-t-il avec un rire sec. J'admire vos talents de comédienne. Vous ne m'avez jamais vu, c'est bien ça ?

— Absolument, soupira Emily.

Sinon, comment aurait-elle pu l'oublier?

— Je renonce, déclara-t-il en secouant la tête. Pour cette fois, je m'incline. Mais ne vous avisez plus de menacer ma carrière, ou je ne réponds plus de rien!

Médusée, Emily hocha la tête en silence. Alors, marmonnant un juron, le bel inconnu pivota sur ses talons, s'éloigna à grandes enjambées et claqua la porte derrière lui.

— C'est incroyable, murmura Emily, rêveuse, en se tournant vers son associée. Je n'ai aucun souvenir de l'avoir rencontré!

— Tu n'étais pas dans ton assiette, ce jour-là, répondit Nora. C'est le type de la librairie: celui qui voulait te faire la conversation. En fait, c'était sûrement pour te tester!

— Il semble fou de rage... J'aurais mieux fait de lui serrer la main, n'est-ce pas? répliqua Emily, troublée à la simple idée d'effleurer ce véritable concentré d'énergie masculine. Tu vois que je ne suis pas douée avec mes admirateurs!

— McCabe n'est pas précisément un de tes admirateurs. Mais pour ce qui est d'être fou, et même fou furieux... Voyons, tu ferais mieux de lire ça, ajouta Nora en tirant une coupure de presse de sa serviette. Je ne voulais pas te perturber avec ces bêtises mais, au moins, cela t'aidera à comprendre le comportement de cet individu.

— Il est journaliste? demanda Emily en déchiffrant le nom qui figurait au-dessus de l'article.

— Ça se discute, répliqua Nora. Lis la suite.

Docile, Emily s'exécuta. Et elle eut l'impression de recevoir une gifle! Cet homme la ridiculisait sans pitié! Elle, son travail, ses lectrices..., bref, tout ce qui comptait à ses yeux! Mais le pire... le pire était qu'elle avait déjà entendu tout cela dans la bouche de son ex-mari. De fait, Eric avait toujours pris un malin plaisir à la rabaisser et, à l'époque, bâillant d'admiration pour lui, elle l'avait cru! Elle s'était laissé convaincre que rien de ce qu'elle faisait n'avait de prix!

Des larmes de rage lui montèrent aux yeux. Comment ce McCabe pouvait-il se permettre de raconter sur elle des abominations pareilles?

— Je suis navrée, reprit Nora. J'aurais dû te montrer ce papier plus tôt, mais je me doutais bien que ça te blesserait.

— Ne t'en fais pas pour ça, répondit Emily. Je suis contente de l'avoir lu, et je ne me sens pas blessée du tout.

— C'est vrai?

— Bien sûr. Je me sens juste... hors de moi!

— Dans ce cas, tu ne m'en voudras pas de ce que j'ai fait, déclara Nora avec un sourire de soulagement.

— Comment ça?

— Je vais tout t'expliquer. Le journal de ce monsieur appartient à Richard Parker. Par conséquent, McCabe a dû se faire remonter les bretelles, et se voir obligé de te présenter des excuses. Il t'a donc expédié deux douzaines de roses jaunes, avec un petit mot très conciliant.

— Il m'a envoyé des roses? Quand ça?

— Vers midi. Mais, imaginant dans quel état d'esprit tu te trouverais si tu avais lu l'article, j'ai renvoyé les fleurs après avoir coupé les têtes et déchiré le mot en mille morceaux... Tu comprends, c'est à cause de cet atelier que j'ai suivi sur les représailles créatives : je n'ai pas pu résister!

Un sourire malicieux éclaira le visage d'Emily.

— Moi, je les aurais piétinées et passées à la moulinette!

— C'est vrai? s'exclama Nora. J'avais tellement peur que tu préfères accepter ses excuses...

— Et puis quoi encore! La grande-prêtresse des fines

herbes ne va tout de même pas s'abaisser à fréquenter un petit journaliste minable affligé d'un complexe de supériorité ! Je n'ai jamais été rancunière, mais sans doute est-il temps que je m'y mette.

Certes... Mais c'était plus facile à dire qu'à faire ! songea aussitôt Emily, qui tenait toujours le bouquet de McCabe dans ses bras. Car il émanait de cet homme quelque chose d'inoubliable. Une énergie, une vigueur...

Elle se remémora ses larges épaules, ses traits fermes et réguliers, sa bouche bien dessinée... Oui, soupira-t-elle, comme aurait dit Nora, c'était un sacré bel échantillon de virilité. Quel dommage qu'il fût aussi son ennemi !

3.

— Tiens, regarde ! Trois cents appels téléphoniques rien que pour aujourd'hui... Et tous pour protester contre ton article sur Emily Taylor !

Debout devant la fenêtre du bureau de son rédacteur en chef, Garrett contemplait distraitement la rue. Dans quel guêpier s'était-il donc fourré ? Pour un malheureux papier humoristique, semblable à des centaines d'autres qu'il avait déjà écrits, voilà que tout le monde lui tombait dessus à bras raccourci...

— J'aimerais bien savoir ce que tu comptes faire pour réparer les dégâts que tu as causés ! reprit Adler en avalant une poignée de pastilles contre l'acidité gastrique.

Indigné, Garrett fit volte-face.

— Les dégâts que moi, j'ai causés ? C'est la meilleure ! Tu ne vois pas que cette fille est en train de monter toute l'histoire en épingle pour faire grimper les enchères auprès de Parker ? La garce... Je parie même que c'est elle qui a orchestré ces appels ! A-t-on seulement vérifié qu'ils proviennent vraiment d'abonnés au *Post* ?

— Bien sûr qu'on a vérifié ! Ecoute, McCabe : cette fois, l'heure est grave. Si tu ne te raccommodes pas illico avec Mme Taylor, Parker va chercher un bouc émissaire. Et ne compte pas sur moi pour me faire virer à ta place !

— Enfin, Don ! C'est toi le rédacteur en chef, assume ! Tu l'as lu cet article, tu n'avais qu'à le mettre au panier !

— D'accord, d'accord ! répliqua Adler, un peu radouci. Est-ce que tu as essayé de t'excuser, au moins ?

— Deux fois hier. Avec des fleurs. Mais c'est une dure à cuire ! Elle n'a pas la moindre intention d'accepter mes excuses avant d'avoir exploité le filon au maximum !

— Il doit bien y avoir un moyen de lui faire passer l'éponge, soupira Adler.

— Peut-être. Procure-moi une invitation pour la réception de ce soir. Elle pourra difficilement refuser mes excuses devant le gratin de la presse locale et Richard Parker en personne...

— Quoi ? Tu n'espères tout de même pas que je vais te céder mon invitation ? Ma femme me tuerait ! Elle se fait une telle fête de rencontrer la grande Emily Taylor...

— La grande Emily Taylor ! répéta Garrett en frappant du poing sur la table. Si seulement je n'avais jamais croisé cette pimbêche !

Oui, songea-t-il, maussade. Tout allait si bien avant qu'il mette les pieds dans cette satanée librairie ! Et pourtant... et pourtant il n'arrivait pas à regretter tout à fait cette rencontre. Cette fille l'intriguait. Avec sa mise simple et banale, elle n'avait certes rien pour attirer le regard, or il n'avait pu s'empêcher d'éprouver pour elle une étrange fascination... Mais, bien sûr, on ne croise pas tous les jours une tigresse sanguinaire déguisée en chaton inoffensif ! En tout cas, ce coup-ci, Emily Taylor ignorait à qui elle avait affaire... Il n'allait pas se priver de la démasquer publiquement !

— Merci pour ton aide, Don, grommela-t-il enfin. Mais ne t'en fais surtout pas pour moi : j'arriverai bien à me dégotter une invitation tout seul.

Sur ce, il regagna la salle de presse et appela Alvin.

A sa grande surprise, le stagiaire se matérialisa aussitôt

à son côté. Ce gamin n'avait-il vraiment jamais rien d'autre à faire qu'attendre ses ordres ?

— Alvin, dit-il, il faut absolument que tu me déniches une invitation pour la réception chez Parker.

— Alex, s'il vous plaît. Je préfère qu'on m'appelle Alex.

— D'accord, Alex. Va donc voir ton copain au service du courrier : il reste sûrement quelques invitations qui traînent. Après quoi, tu m'apporteras le carton chez Flynn.

— Chez Flynn ? Vous ne restez pas travailler ici ?

— Je travaille mieux devant une bière. Et, de toute façon, j'ai encore sept bonnes heures pour écrire mon prochain papier.

— Alors, comme ça, vous allez revoir Emily Taylor ? reprit Alvin.

— Bien obligé, si je veux garder mon job.

— Elle est vraiment jolie, hein ?

Garrett le dévisagea avec stupéfaction.

— Comment ça ? Tu l'as vue ?

— Euh, non, répliqua Alvin, soudain écarlate. J'imagine juste qu'elle doit être bien... Un peu comme ma mère, mais en mieux, plus jeune... plus sympa. C'est bien ça ?

— Ma foi, je ne connais pas ta mère, rétorqua Garrett avant de s'éclipser, mais si elle est moins sympa qu'Emily Taylor, je te plains !

Une fois coincé dans les embouteillages, Garrett songea de nouveau à Emily. Il la revoyait debout, son bouquet entre les bras, les yeux rivés aux siens avec une expression d'ahurissement feinte... A première vue, elle n'avait rien d'une impitoyable femme d'affaires : elle semblait même plutôt fragile et vulnérable ! Il secoua la tête avec perplexité. Comment parvenait-elle à masquer sa poigne de fer derrière une façade aussi trompeuse ? Elle avait vraiment dû travailler dur pour rendre crédible son personnage de modeste petite ménagère !

Quand enfin il arriva chez Flynn, la salle était bondée. Assise au bar, Jill Foyle, une de ses voisines de Bachelor Arms, bavardait avec Eddie, le barman.

Garrett se glissa sur le tabouret resté libre auprès de Jill, puis tira un stylo et un bloc-notes de sa poche.

— Alors, miss Foyle, quoi de neuf chez les belles célibataires ? plaisanta-t-il.

Rejetant en arrière sa crinière blond platine, elle se tourna vers lui, un sourire ironique aux lèvres.

— Comment, McCabe ! fit-elle. Encore à court d'idées ?

Divorcée depuis peu, Jill avait quitté Boston pour Los Angeles afin de refaire sa vie sous des cieux plus cléments. Malgré ses quarante ans bien sonnés, elle restait incroyablement sexy, mais Garrett avait vite jugé son amitié trop précieuse pour se risquer à lui faire des avances !

— Pas du tout, rétorqua-t-il. Simplement, je sais que tu es toujours à la pointe du progrès... N'est-ce pas toi qui m'as révélé les vertus aphrodisiaques du chocolat et les nouvelles techniques de drague informatique ? Alors, as-tu du nouveau ou pas ?

— Rien que du vieux. De plus, vu la façon dont tu as malmené cette pauvre Emily Taylor dans ton dernier article, je me demande si je vais continuer à te fréquenter... Nous autres, décoratrices d'intérieur, la considérons comme une des nôtres !

— Oh non ! Tu ne vas pas t'y mettre, toi aussi ! grommela Garrett.

— Ma femme aussi était furieuse contre toi, intervint Eddie en lui servant une bière. Je l'ai rarement vue dans un état pareil.

40

— Bon sang ! protesta Garrett. Tout le monde semble oublier que mon humour vise avant tout un public masculin ! Et toi, Eddie ? Tu n'as pas trouvé ça drôle ?

— Moi ? J'ai trouvé que c'était à mourir de rire ! Et sacrément bien vu. J'ai parfois l'impression de vivre avec Emily Taylor. A longueur de journée, j'entends : « Emily ceci, Emily cela... » Kim a toujours une ou deux de ses idées de décoration en train. Et comme elle n'a pas la patience de lire les instructions, ça se termine chaque fois en catastrophe !

— Tous les modèles d'Emily sont simples à exécuter et de très bon goût, déclara sentencieusement Jill. Et, pour ma part, j'ai toujours eu un faible pour le bon goût, conclut-elle en adressant à Garrett un regard entendu.

— Insinuerais-tu que mon papier était de mauvais goût ?

— Quelle idée ! répondit-elle en lui tapotant l'épaule. Je l'ai juste trouvé digne d'un goujat phallocrate et borné... Ce qui n'a certes rien d'étonnant de ta part mais, d'ordinaire, tu choisis plus judicieusement tes victimes.

— Admettons ! maugréa Garrett. Mais comment aurais-je pu deviner que cette femme est une sainte ? Notre-Dame-du-Rideau-de-Douche-Récalcitrant..., conclut-il avec une grimace avant d'avaler une gorgée de bière.

— Emily est une sainte, répliqua Jill. Elle a réhabilité les arts ménagers et, du coup, des générations de femmes au foyer.

— Eh bien, ne compte pas sur moi pour l'acclamer, maugréa Garrett.

— Mais qu'est-ce qu'elle t'a fait, au juste ? s'enquit Jill, amusée.

— Rien. A part que, avec son armée de ménagères, elle est partie pour transformer tous les mâles de cette planète en animaux domestiques. A ce train-là, un homme ne sera bientôt plus chez lui dans sa propre maison !

— Bonté divine ! s'exclama Jill. Ne t'est-il jamais venu à l'esprit qu'un homme peut apprécier que sa femme lui aménage un foyer confortable ? Même toi, tu aimerais peut-être retrouver le soir une maison joliment décorée et un bon repas préparé par une épouse souriante...

— J'ai déjà une belle maison et de bons repas ! Et je n'ai besoin de personne pour me dire où ranger mes chaussettes !

— Des hamburgers et un vieux fauteuil relax tout cabossé ? C'est ça que tu appelles de bons repas et une belle maison ?

— C'est Tru qui m'a donné ce fauteuil. Parce que sa femme n'en voulait pas chez elle. Encore un exemple des méfaits d'Emily Taylor !

— Allons, McCabe ! Ton fauteuil est surtout un parfait exemple de mauvais goût, rétorqua Jill.

— Ah oui ? Et dites-moi un peu, madame la décoratrice, combien de fois avez-vous relégué le bon vieux fauteuil et la superbe télévision grand écran d'un pauvre type dans une cave humide ? Combien de fois avez-vous démantelé l'atelier d'un malheureux mari pour le remplacer par une buanderie de luxe, avec petits rideaux de dentelle à volants ?

— Il se trouve que j'ai horreur des volants. Mais tu sais, Garrett, le jour où tu croiseras la femme de ta vie, tu seras le premier à lui offrir tout ce qu'elle voudra, rideaux compris !

— Sûrement pas !

— Et tes deux copains ? insista Jill. Ne me dis pas qu'ils sont à plaindre ! La dernière fois que je les ai vus, ils avaient l'air de flotter sur un petit nuage.

— Tru et Josh sont tombés sur les deux dernières

femmes exaltantes qui traînaient en Californie..., riposta Garrett. A part toi, bien sûr.

— Vil flatteur! Alors, comme ça, tu cherches une femme exaltante?

— Je ne cherche rien du tout! Et surtout pas ma petite Emily Taylor personnelle. D'ailleurs, qui lirait des chroniques pour célibataires rédigées par un homme marié? Pour l'instant, la seule chose qui me manque, c'est un bon sujet d'article.

— Dommage, répliqua Jill en se laissant glisser de son tabouret. Car, dans ce cas, je ne peux rien pour toi. Ciao!

Sur ce, elle s'éloigna d'une démarche gracieuse, et Garrett réclama une autre bière à Eddie.

— Qui vas-tu éreinter, ce coup-ci? s'enquit le barman avec curiosité.

— Si ce n'était que moi, bougonna Garrett, j'écrirais bien tout un feuilleton sur Emily Taylor. Mais mon rédacteur en chef ne semble pas partager mon enthousiasme pour ce thème...

— C'est une tenue de camouflage que tu aurais dû mettre! commenta Nora d'un air réprobateur.

Mal à l'aise, Emily lui lança un coup d'œil penaud et lâcha la branche derrière laquelle elle s'était dissimulée.

— J'étais juste en train d'admirer ce schefflera, expliqua-t-elle. Il est superbe.

Comme tout ce qui entourait Richard Parker, d'ailleurs! Auprès de ce parangon de réussite californienne, Emily se sentait plutôt minable : ses cheveux refusaient de rester en place, sa robe noire semblait un peu démodée, et son collant manifestait une fâcheuse propension à faire des plis autour de ses chevilles... Quel intérêt Parker pouvait-il donc trouver à sa petite revue? Quand il avait déjà tout ce dont on peut rêver!

— Essaie de te mêler aux autres invités, insista Nora. Fais un effort !

Mais, à ces mots, Emily se recroquevilla un peu plus sur son canapé. Tous ces gens ne parlaient que d'audits et de parts de marché... Autant de choses qui ne l'inspiraient guère !

— Il y a un type qui m'a dit qu'il voulait faire grimper mon indice de notoriété, gémit-elle. Je ne savais même pas que j'en avais un !

— Tu n'en as pas encore, répliqua Nora. Mais attends un peu d'apparaître chaque mois en couverture !

— Quoi ? Tu as vu ma tête ? Qui voudrait acheter un magazine avec quelqu'un d'aussi échevelé sur la couverture ? Et puis, si on montre ma photo, tout le monde saura qui je suis...

— C'est bien l'objectif.

— Mais, alors, on me reconnaîtra partout où j'irai, même au supermarché ! Et les gens s'attendront à ce que je leur fasse la conversation, comme ce McCabe... Quelle horreur !

— Tiens, quand on parle du loup..., murmura Nora. Vise un peu qui vient d'arriver.

Emily suivit le regard de son associée, et se leva d'un bond.

— Mon Dieu ! s'exclama-t-elle. Tu crois qu'il est venu faire du scandale ? Quoique... il n'a pas apporté de fleurs. Peut-être ignore-t-il ma présence ici ?

— Ne sois pas ridicule. C'est une réception en ton honneur. Il doit bien s'attendre à t'y trouver.

— Très juste ! Alors, il faut que je me cache en vitesse..., fit Emily en se tordant nerveusement les mains. Dans la cuisine ! Oui, c'est ça. Préviens-moi dès qu'il sera parti.

— Enfin, tu es la reine de la fête, tu ne peux pas...

Mais Emily avait déjà disparu. La simple idée d'une

confrontation avec McCabe lui donnait la chair de poule. Elle n'avait jamais été douée pour les règlements de comptes, et l'inexplicable attirance qu'elle éprouvait pour le journaliste n'arrangeait certes rien !

Elle emboîta le pas à un serveur, qu'elle suivit jusqu'à la cuisine. La pièce était immense, et noire de monde. Ouf ! Rien de tel pour passer inaperçue ! Après avoir observé un moment les allées et venues du personnel, Emily se rapprocha d'un plateau où des champignons attendaient d'être farcis. Puis, espérant se changer les idées, elle s'empara d'un bol de farce aux huîtres et se mit à en remplir chaque tête.

— Peut-on savoir ce que vous fabriquez avec mes champignons ? s'exclama soudain une voix derrière elle.

Emily se retourna. Une jeune femme en tablier et toque blanche la dévisageait d'un air soupçonneux.

— Euh... j'essayais juste de donner un coup de main, dit-elle. Vous n'auriez pas un peu de poudre de noix à saupoudrer sur les champignons ? Ça enrichirait la texture de l'ensemble, et la saveur des noix renforcerait bien celle des huîtres.

— Ce n'est pas une mauvaise idée, convint la jeune femme. Je n'y avais jamais pensé... Louis ! cria-t-elle à un de ses aides. Hache-moi quelques noix, vite... Hum ! Vous aviez raison, c'est excellent ! commenta-t-elle bientôt après avoir goûté la nouvelle invention d'Emily.

Toujours embarrassée par les compliments, celle-ci haussa modestement les épaules.

— Ça rend le plat un peu plus calorique, expliqua-t-elle, mais je pense que ça en vaut la peine, non ?

La jeune femme acquiesça, puis saisit une brochette qui venait juste de sortir du four.

— Tenez ! goûtez-moi une de ces crevettes, proposa-t-elle.

— Hum ! c'est délicieux, déclara Emily. Vous avez mis du jus de citron vert dans la marinade, n'est-ce pas ?

— Comment avez-vous deviné ? C'est un conseil d'Emily Taylor. Elle est l'invitée d'honneur. Pensez-vous qu'elle reconnaîtra sa recette ?

— Euh... j'en suis sûre, bredouilla Emily, s'étranglant à moitié.

— Vous savez, c'est très angoissant de cuisiner pour elle. On la dit si perfectionniste ! Et ses présentations sont toujours impeccables ! C'est dur d'être à la hauteur...

— A votre place, je ne m'inquiéterais pas trop, dit gentiment Emily. Tout me semble parfait.

Mais, à cet instant, la porte de la cuisine s'ouvrit toute grande, le plateau de hors-d'œuvre d'un serveur qui s'apprêtait à sortir fut projeté en l'air, et une flopée de canapés à la crème de basilic vinrent éclabousser les chaussures d'Emily, qui n'eut certes aucun mal à reconnaître une autre de ses recettes !

Son regard remonta lentement le long du pantalon kaki de l'intrus et de sa chemise immaculée, puis elle s'immobilisa en reconnaissant le visage de son séduisant persécuteur.

— Madame Taylor ! s'exclama McCabe avec un sourire sarcastique. Et dans la cuisine, comme de bien entendu !

Bouche bée, la jeune femme à toque blanche fixa Emily comme si la Sainte Vierge venait de se matérialiser sous ses yeux.

— C'est vous, Emily Taylor ? Quelle joie de vous rencontrer ! dit-elle en lui secouant vigoureusement la main. Mais... ne devriez-vous pas être dans la pièce à côté ?

— Mais oui, madame Taylor, que faites-vous donc ici ? renchérit McCabe. Vous n'essayiez pas de m'éviter, j'espère ?

Emily se figea, incapable d'émettre un son. Cet homme possédait une sorte d'élégance naturelle, qui le rendait encore plus intimidant... Le voyant soudain s'approcher d'elle, elle recula, buta contre un meuble, puis empoigna instinctivement une brochette de crevettes qu'elle brandit devant elle en guise de protection. Hélas, nullement impressionné par cette arme improvisée, McCabe se borna à saisir un des crustacés.

— Mmm, c'est excellent, commenta-t-il en dégustant son butin.

— C'est à cause du jus de citron vert..., murmura Emily.

McCabe leva un sourcil interrogateur. Un sourcil irréprochablement arqué, songea-t-elle, rêveuse, en le contemplant fixement. Mais dès qu'elle croisa de nouveau le regard du journaliste, ses méditations s'interrompirent net.

— Je vous assure..., reprit-elle en balbutiant. Le secret, c'est le citron vert dans la marinade. Autrement, la recette est très simple. Il suffit de ne pas trop faire cuire les crevettes... Je sais, je sais, reprit-elle en voyant une ride de perplexité barrer le front de McCabe. La cuisson des crevettes est assez délicate. Trop cuites, elles deviennent dures, pas assez, elles gardent un goût de cru...

— Absolument, intervint la jeune femme à la toque. J'ai mis très longtemps à maîtriser la cuisson des crevettes.

— Si cela ne vous dérange pas, mademoiselle, rétorqua aussitôt McCabe avec une pointe de condescendance agacée, j'aurais quelques mots à dire en privé à Mme Taylor.

— Je... je peux vous donner la recette, si vous voulez, hoqueta Emily en voyant avec désespoir la jeune femme battre en retraite.

— Assez, madame Taylor ! répliqua McCabe, l'air ulcéré. Je ne suis pas venu parler crevettes ! Je suis là pour régler une fois pour toutes le petit différend qui nous oppose.

— Le différend ? Quel différend ? Ecoutez, monsieur...

Le regard planté dans celui de son interlocuteur, Emily fut soudain incapable de se remémorer son nom. Tout ce qu'elle savait, c'était qu'il avait les yeux les plus fascinants qu'elle eût jamais vus. Et maintenant que ces yeux regardaient si droit dans les siens, elle se sentait les joues aussi brûlantes que si elle avait eu la tête dans un four...

— McCabe, grommela-t-il en la prenant brutalement par le bras. Garrett McCabe. Et maintenant, venez.

— Oh ! J'aimerais mieux rester dans la cuisine, si ça ne vous ennuie pas trop ! J'ai des champignons à farcir...

— Et puis quoi encore ?

Sur ce, il l'entraîna sans ménagement dans le salon, tandis que les autres invités s'écartaient respectueusement pour leur laisser le passage. Emily ne s'était jamais sentie aussi embarrassée de sa vie ! Elle qui avait horreur de se donner en spectacle...

Intrigué par le brouhaha, Richard Parker vint les rejoindre.

— Tout va bien, madame Taylor ? s'enquit-il.

— Euh, oui, oui ! répondit-elle en hochant frénétiquement la tête.

— Qu'est-ce que vous fichez ici, McCabe ? reprit Parker. Je n'ai pas souvenir de vous avoir invité.

— Je suis venu présenter officiellement mes excuses à Mme Taylor, monsieur.

— Ah ? fit Parker. Très bien... McCabe, excellente idée. J'étais sûr que vous comprendriez mon point de vue dans cette affaire !

Emily vit alors le chroniqueur se tourner de nouveau vers elle.

— Madame Taylor, déclara-t-il, je serais navré que mon humour ait discrédité à vos yeux le *L.A. Post* ou les Publications Parker. Mon intention n'a jamais été de vous offenser.

48

— Je comprends, euh... je veux dire, j'accepte vos excuses, balbutia-t-elle. Je peux partir, maintenant ?

— Bravo ! s'exclama Parker. Quel soulagement de vous voir réconciliés ! Madame Taylor, McCabe est à votre disposition. Si vous avez besoin de quoi que ce soit pendant votre séjour, n'hésitez pas à faire appel à lui. Il connaît Los Angeles comme sa poche : c'est le meilleur guide que vous puissiez trouver. N'est-ce pas, McCabe ?

L'intéressé se raidit et dévisagea Parker avec incrédulité.

— J'ai bien peur de ne pas avoir le temps..., commença-t-il.

— Bien sûr que si, coupa Parker. N'est-ce pas, Adler, qu'il aura le temps ?

A l'autre bout de la pièce, Emily vit un petit homme au front dégarni faire un signe d'acquiescement. Il devait avoir une certaine autorité sur McCabe, car ce dernier esquissa un sourire crispé...

— Parfait. Voilà qui est réglé, reprit Parker. Avec un peu de chance, McCabe, la fréquentation de Mme Taylor vous aidera à vous débarrasser d'une partie de vos nombreux préjugés.

— J'en serais ravi, répliqua McCabe avec une amabilité forcée. Et maintenant, monsieur, si vous voulez bien nous excuser, l'invitée d'honneur et moi-même avons quelques détails d'emploi du temps à examiner.

En entendant ces mots, Emily lui jeta un coup d'œil paniqué. A voir sa mine renfrognée, elle n'était pas du tout sûre d'avoir envie d'examiner quoi que ce fût avec lui...

4.

S'efforçant à grand-peine de maîtriser sa fureur, Garrett entraîna Emily sur la terrasse qui surplombait le jardin de la luxueuse résidence de Parker à Beverly Hills.

— J'espère que vous êtes contente, dit-il sèchement.

La jeune femme s'arrêta net.

— Je ne comprends pas ce qui vous met en rage, bredouilla-t-elle. Ce serait plutôt à moi d'être furieuse... D'ailleurs, je suis furieuse ! Vous avez écrit sur moi des choses ignobles.

Garrett secoua la tête, stupéfait. Cette fille ne manquait pas d'air ! Comment parvenait-elle à mimer aussi bien l'indignation vertueuse ? Jusque dans le léger tremblement de sa voix et le rouge qui colorait ses pommettes...

— Pour l'amour du ciel ! maugréa-t-il.

— C'est vrai, insista-t-elle. D'ordinaire, je ne m'emporte jamais. Je suis quelqu'un de très calme. Mais il y a des phrases dans votre article qui m'ont vraiment... froissée.

Garrett éclata d'un rire dur.

— Froissée ? Tiens donc !

— Comprenez-moi, poursuivit-elle en évitant son regard. Personne n'avait encore jamais raconté de telles méchancetés sur moi... Enfin, si, juste une autre personne, mais c'était il y a très longtemps et...

— Cessez de jouer les innocentes avec moi, madame Taylor, coupa Garrett. Je sais très bien où vous voulez en venir.

— Ah oui ? fit-elle en lui jetant un regard de côté.

— Parfaitement.

— Et où est-ce que je veux en venir ?

Garrett poussa un gémissement exaspéré.

— Vous n'allez pas recommencer, tout de même !

— Ecoutez, dit-elle, pourquoi ne pas reprendre cette discussion un autre jour ? Vous paraissez très énervé et moi, je... j'ai horreur des conflits. Vous comprenez, je suis trop timide. Nora dit que je devrais voir un psy mais...

— Timide ? l'interrompit Garrett. Pour une timide, vous avez la langue bien pendue !

— C'est que... d'habitude, je suis moins bavarde.

— Ah oui ? Récapitulons : vous n'êtes pas bavarde, vous ne vous emportez jamais, et vous n'avez pas la moindre idée de ce que je vous reproche. C'est bien ça ?

— Ma foi, Nora dit que vous risquez d'avoir des ennuis avec M. Parker à cause de votre article, mais que voulez-vous que j'y fasse ? Ce n'est tout de même pas moi qui vous ai demandé de me prendre pour tête de Turc !

Garrett ravala un juron. L'objection était difficile à réfuter. Somme toute, c'était bien lui qui avait lancé le signal des hostilités...

— Là n'est pas la question, répliqua-t-il, plus calme.

— Et puis, de toute façon, reprit-elle, j'ai déjà dit à M. Parker que je n'étais pas fâchée et que ça n'affecterait en rien les négociations. Après tout, la liberté d'expression est un droit dans ce pays, et j'ai toujours été plutôt pour...

Tout en l'écoutant, Garrett étudiait avec attention ses traits délicats. Curieux, cette fille semblait vraiment incapable de ruse ou d'artifice...

52

— Alors, comme ça, vous n'êtes pas fâchée ? répliqua-t-il.

— Bien sûr que si. Mais M. Parker semblait si inquiet que je n'ai pas voulu l'embêter avec ça.

— Ah non ? Et les coups de fil incendiaires au *Post* ? Vous n'y êtes pour rien, peut-être ?

— Quels coups de fil ?

Garrett prit alors une profonde inspiration. Se pouvait-il qu'il eût fait fausse route ?

— Vous prétendez que vous n'êtes pas en train d'exploiter cet incident pour obtenir un meilleur prix de votre magazine ? dit-il.

— D'abord, je n'ai pas encore décidé de vendre. Mais il est vrai que Nora semble y tenir.

— Nora ?

— Nora Griswold, mon associée. C'est elle qui a décapité vos roses. Mais sans arrière-pensées commerciales, j'en suis sûre.

Garrett la dévisagea avec perplexité. Etait-il possible que sa douceur et son ingénuité ne soient pas feintes ? Non. Personne n'était à ce point dénué de malice. Pas même son adorable vieille grand-mère McCabe ! Et pourtant... Il lui semblait bien déceler dans son regard une sorte de franchise, mêlée d'une pointe d'appréhension. Comme si elle n'était pas très sûre d'elle... ou qu'elle avait peur de lui !

— Dans ce cas, reprit-il, il était inutile que je vous fasse des excuses ? Je me suis ridiculisé devant mon patron pour rien ?

— Oui ! Enfin, je veux dire, non... Ça m'a fait très plaisir. Et je serai ravie que vous me fassiez visiter Los Angeles. Nora conduit très mal, elle est trop agressive au volant. Sans doute à cause de tous ces stages d'affirmation de soi qu'elle a suivis. Et je...

— Vous n'espérez tout de même pas que je vais vous servir de chauffeur ? coupa Garrett avec indignation.

— Mais... N'est-ce pas ce que M. Parker vient de vous demander ?

— Madame Taylor, je n'ai ni le temps ni l'envie de faire du tourisme avec vous. Et pour qu'il n'y ait aucune ambiguïté, sachez que mon article n'avait rien d'un malentendu. J'ai écrit ce que je pense de vous, un point c'est tout.

— Mais... vous ne me connaissez même pas !

— Je vous connais bien assez comme ça.

Elle le dévisagea avec stupéfaction. Sa lèvre inférieure tremblait un peu, et Garrett eut le sentiment que son émotion n'était pas simulée.

— Moi aussi, je vous connais bien assez comme ça, murmura-t-elle enfin. Vous êtes arrogant et borné... Et votre article n'est qu'un tissu d'inventions.

Garrett faillit riposter vertement, puis se retint. Après tout, il se moquait bien de ce qu'elle pouvait penser de lui... Ou pas ? Il eut soudain envie de la convaincre de sa bonne foi.

— Très bien, soupira-t-il enfin. Qui êtes-vous réellement, madame Taylor ?

— Vous n'avez qu'à essayer de le découvrir par vous-même ! Je suis sûre que vous changeriez d'avis sur moi si vous preniez la peine de voir à quoi j'occupe mes journées. Et une fois que nous aurions passé un certain temps ensemble...

— Vous me laisseriez écrire un autre article sur vous ?

— Ah non !

— Quoi alors ?

— Eh bien, peut-être que moi je changerais d'avis sur vous, répliqua-t-elle.

— Soit, dit-il, amusé. Ça me paraît honnête.

— Dans ce cas, adjugé, déclara Emily. Et si vous modifiez votre opinion sur moi, vous ferez des excuses à mes lectrices.

— Jamais de la vie! Mettons juste que j'accepte d'essayer de comprendre votre point de vue, et restons-en là. D'accord?

— Bon. D'accord.

Il lui tendit la main, et elle y glissa une petite paume hésitante. Ses ongles, fuselés, étaient coupés court et, quoique très amateur d'ongles longs laqués de rouge vif, Garrett fut étrangement troublé par cette main frêle et délicate...

Certes, Emily était aux antipodes de ces beautés californiennes qui passent l'essentiel de leur temps chez le coiffeur et dans les salles de gymnastique! Elle semblait peignée avec un râteau, ne s'habillait pas de manière provocante... et paraissait même tout à fait inconsciente de son charme! Un charme pourtant indéniable...

Certes, Emily n'était pas son style de femme, mais son mari pouvait sans doute s'estimer heureux.

Son mari...

Le trouble de Garrett s'évanouit d'un coup.

— Vous pouvez me joindre au *Post*, déclara-t-il en lui lâchant brusquement la main. Au revoir, madame Taylor.

— Monsieur McCabe?

— Oui?

— Euh... Cela vous ennuierait beaucoup de me raccompagner à Malibu?

Garrett fut déconcerté par cette requête inattendue. Venant d'une autre femme, il l'aurait prise pour des avances mais, en l'occurrence, cela ressemblait plutôt à un appel à l'aide. Un appel assez désespéré, même!

— Vous ne voulez pas rester? s'étonna-t-il. Somme toute, vous êtes l'héroïne de la fête.

— C'est-à-dire que... je n'ai pas très envie de retourner là-bas, expliqua-t-elle en lançant un coup d'œil furtif dans le salon à travers la porte-fenêtre. Tous ces gens me mettent mal à l'aise... D'ailleurs, je suis sûre que personne ne remarquera mon absence. Je rentrerais bien toute seule, mais c'est Nora qui a les clés de la voiture...

Garrett laissa échapper un petit rire, puis prit le bras d'Emily et dévala avec elle l'escalier de la terrasse.

— Tout compte fait, madame Taylor, vous avez peut-être raison, déclara-t-il gaiement.

— A quel propos ?

— Eh bien, peut-être me suis-je bel et bien trompé sur vous !

Sans répondre, Emily baissa les yeux, et Garrett fut subjugué par l'adorable rougeur qu'il vit se répandre sur son visage...

Pendant le trajet jusqu'à Malibu, ils ne se dirent pas grand-chose. Certes, en matière culinaire, Emily pouvait se montrer intarissable, mais elle doutait fort que McCabe trouve grand intérêt à des considérations sur les avantages comparés des casseroles en cuivre et en Inox, ou sur la meilleure façon de séparer les jaunes d'œufs des blancs !

Garrett avait mis la radio et fredonnait de vieux airs de rock. Se laissant bercer par les intonations chaudes et profondes de sa voix, Emily sombra dans une douce rêverie... Elle se voyait en train de danser avec lui. Il portait un smoking, et elle une longue robe de soirée — une robe sophistiquée que, pour une fois, elle aurait achetée et non confectionnée elle-même ! Il la tenait serrée tout contre lui, épousant avec aisance les courbes de son corps, et chantonnait doucement à son oreille...

— Emily ?

Elle sursauta. Par chance, McCabe ne semblait pas avoir remarqué son moment d'absence, tout occupé qu'il était à s'efforcer de déchiffrer les numéros des maisons.

— Laquelle est-ce ? reprit-il.

— La troisième après le réverbère.

Il se gara devant l'endroit indiqué, éteignit le contact et examina la façade.

— Belle propriété! Voilà donc à quoi sert l'argent de mes lecteurs..., commenta-t-il.

Ils restèrent ensuite assis un moment en silence. Puis Emily eut honte de ses mauvaises manières.

— Vous voulez entrer? proposa-t-elle. J'ai préparé une tarte aux pacanes, cet après-midi. Et un peu de glace à la vanille.

Elle étouffa aussitôt un soupir : une tarte et de la glace! Pouvait-on être plus provinciale? McCabe devait être accoutumé à fréquenter des femmes plus sophistiquées, qui lui auraient sans doute offert quelque chose à boire... Hélas! Elle n'avait guère l'habitude de ce genre de situations! Elle s'était mariée avec le seul garçon avec qui elle fût jamais sortie... et le seul qui l'eût jamais raccompagnée chez elle!

— Mais bien sûr, se hâta-t-elle d'ajouter pour masquer son embarras, j'imagine que vous êtes pressé de rentrer chez vous!

— Non, pas du tout, répliqua-t-il. Et puis, je jetterais bien un coup d'œil au petit pied-à-terre de Parker. J'ai toujours rêvé de visiter une villa à Malibu!

Sur quoi il bondit hors de la voiture, vint ouvrir la portière de sa passagère, l'aida à sortir et la suivit jusqu'au perron. De toute évidence, Mme McCabe avait inculqué de bonnes manières à son fils, songea Emily en tournant la clé dans la serrure. Dommage que celles-ci ne se soient pas étendues à sa prose journalistique!

Poussant la porte, elle chercha l'interrupteur à tâtons et, bientôt, un flot de lumière inonda le grand hall voûté. Avec un ronronnement feutré, des ventilateurs s'étaient automatiquement mis en marche. D'immenses baies vitrées laissaient entrevoir le ciel étoilé et, bien que les fenêtres fussent closes, on entendait au loin le murmure de l'océan.

— Fichtre! s'exclama Garrett. Quelle baraque!

— Elle n'est pas mal, concéda Emily.

— Elle ne vous plaît pas?

— Si, bien sûr... Mais j'aime mieux être chez moi

— Et où habitez-vous, d'ordinaire? s'enquit-il en la suivant dans la cuisine.

— A Rhode Island. Pas très loin de Newport. Vous voulez du café avec votre tarte?

— Volontiers, merci. J'imagine que votre famille vous manque?

— Oh! pas vraiment, avoua Emily. Je ne les vois guère, vous savez. Mes parents sont très occupés, et mes frères ont tous leur propre famille...

— Je voulais parler de votre mari, de vos enfants.

Emily se crispa soudain.

— Je... je n'ai pas de famille, expliqua-t-elle. Je veux dire, pas d'enfants. Vous prendrez du lait avec votre café?

— S'il vous plaît... Et votre mari?

— Je n'ai pas de mari, non plus, répondit-elle sans oser le regarder en face.

— Comment ça? Vous êtes célibataire?

— Non. Enfin, j'ai été mariée, mais à présent, je vis seule. Je sais que cela peut paraître bizarre, vu mon travail, mais un foyer reste un foyer, quel que soit le nombre de personnes qui y vivent... Tenez, il doit me rester du café parfumé à la noisette, enchaîna-t-elle pour faire diversion. Ça vous dit?

Mais Garrett l'observait avec un sourire étrange.

— Ça alors! J'étais convaincu que vous étiez mariée. Puis, l'air soudain mal à l'aise, il se leva.

— A la réflexion, mieux vaudrait que j'y aille, dit-il. J'ai encore un bon bout de route avant d'arriver chez moi.

— Comme vous voudrez, répliqua-t-elle, soulagée de mettre un terme à cette embarrassante conversation. Je vais vous emballer la tarte, comme ça vous la mangerez chez vous.

— Oh! Ne vous donnez pas cette peine!

— Ça ne me dérange pas du tout! Au contraire. Je vous aurais bien donné de la glace pour aller avec, mais je n'ai rien pour la tenir au frais.

— Si vous insistez... Merci. Ça sent rudement bon.

— J'ai mis du whisky dans la crème. Je peux vous donner la recette si vous v...

Elle s'interrompit soudain, consciente de l'inanité de ses propos, puis reprit :

— Bon retour. Et merci de m'avoir raccompagnée.

— De rien. A bientôt.

— A bientôt..., murmura-t-elle, tandis que la porte se refermait derrière lui.

Enfin, une fois seule, elle laissa échapper un long soupir.

— Pauvre idiote! maugréa-t-elle. Ce type t'insulte dans un grand journal, et toi, tout ce que tu trouves à faire, c'est de lui offrir des gâteaux! Quand deviendras-tu adulte, au lieu de toujours fuir les affrontements!

Mais elle avait toujours préféré se concentrer sur les bons côtés des gens. Or le séduisant McCabe ne manquait certes pas de bons côtés!

Secouant la tête avec découragement, elle regagna la cuisine. Et, comme chaque fois qu'elle se sentait contrariée, elle éprouvait une étrange compulsion à cuisiner, elle décida de confectionner des cookies.

Deux heures et six douzaines de cookies plus tard, Emily se sentait déjà beaucoup mieux. McCabe lui était même presque sorti de l'esprit lorsque Nora arriva.

— Te voilà enfin! s'exclama cette dernière. Où étais-tu passée? J'étais folle d'inquiétude... Oh, oh!

ajouta-t-elle en apercevant les cookies sagement disposés sur leurs plaques. Qu'est-ce qui ne va pas?

— Rien de spécial, répliqua Emily. Tu sais bien que j'ai horreur des mondanités.

— Et comment es-tu rentrée?

— McCabe m'a raccompagnée.

— Allons bon! Je comprends que tu sois toute retournée! Je parie qu'il t'a ligotée et enfermée dans la malle de sa voiture.

— Non, c'est moi qui lui ai demandé de me reconduire.

— Diable! Tu fais des progrès. Et ensuite?

— Ensuite, je l'ai invité à entrer, je lui ai donné une tarte et il est parti.

— Une tarte? s'esclaffa Nora. Toi?

— Oui. Une tarte aux pacanes.

— Ah! Je me disais aussi... Quelle idée de lui offrir une tarte! Il n'a pourtant pas l'air très pâtisserie...

— Tous les hommes aiment les gâteaux, protesta Emily. Et d'ailleurs, c'était surtout un gage de réconciliation. Nous sommes parvenus à un accord.

— Quoi? Tu as déjà pardonné à ce salaud?

— Bah! ce n'est pas dans mon caractère d'être vindicative. Mon truc à moi, c'est d'être gentille.

— Admettons. Dans ce cas, parle-moi un peu de vos accords. Je vendrais bien mon âme pour passer un accord avec un aussi beau gars!

Emily rougit.

— Ce n'est pas ce que tu crois..., hasarda-t-elle.

— Et pourquoi pas? Je parie qu'il embrasse comme un dieu!

— Voyons, Nora! Dans l'immédiat, je n'ai pas la moindre envie d'avoir une aventure... Et surtout pas avec lui!

— Dans l'immédiat? Enfin Emily, tu as trente-quatre ans! Qu'est-ce que tu attends? L'âge de la retraite?

— Ne plaisante pas avec ça... J'ai trop souffert avec Eric.

— Bon, bon. Si tu ne veux vraiment pas lui faire les yeux doux, que dirais-tu d'une petite revanche, à la place ?

— Nora !

— Simple suggestion. J'ai entendu Parker lui demander de te faire visiter la ville, je me demandais juste quand vous comptiez commencer...

— Nous n'avons encore rien décidé..., déclara Emily en ouvrant le robinet d'eau chaude et en s'emparant du liquide à vaisselle. Mais j'aimerais bien visiter l'Antique Guild. Peut-être pourrais-je y trouver de nouvelles bouteilles de verre pour ma collection ? conclut-elle, rêveuse.

— Tu as mis assez de détergent comme ça, je crois, fit observer Nora en désignant le jet ininterrompu qui s'écoulait du flacon.

Emily jeta un coup d'œil à l'évier et poussa un petit cri : une montagne de mousse s'était formée et commençait à déborder.

— J'ai peine à imaginer McCabe en train de fouiner chez les antiquaires, reprit Nora, sarcastique, tandis qu'Emily s'empressait de fermer son robinet.

— Ça m'est bien égal qu'il s'amuse ou pas. L'essentiel est qu'il voie que, de nos jours, tenir une maison est une affaire bien plus complexe qu'il ne le croit. A l'entendre, il s'agirait juste de faire la lessive et de passer l'aspirateur !

— Mais... tu n'as pas renoncé à te venger, alors ?

— Je pense juste que s'il me comprenait, enfin, s'il se faisait une idée plus juste du travail que s'occuper d'un foyer représente, il serait moins pressé de ridiculiser mes lectrices.

— Ah ! Nous voilà en plein transfert, déclara Nora d'un ton docte.

— Qu'est-ce que c'est que cette histoire, encore?

— J'ai appris ça pendant mon stage de l'été dernier, « Freud à la portée de tous ». Tu te sers de McCabe pour régler tes problèmes avec Eric. Si tu arrivais à lui prouver ce que tu n'as pas pu prouver à ton ex, ça t'aiderait à faire ton deuil.

— Mon deuil?

— A tourner la page. C'est un peu comme de pailler ses rosiers en automne. On répugne à admettre que l'hiver arrive et que la saison des fleurs est finie mais, une fois qu'on les a paillés, on l'accepte. On a fait son deuil.

— J'ai fait mon deuil d'Eric le jour où il m'a plaquée, riposta Emily. Et, ce jour-là, j'ai aussi compris une chose : je ne sais pas communiquer avec les hommes. Point final.

— Tu ne semblais pourtant pas avoir tant de mal que ça à communiquer avec McCabe : je vous ai aperçus, sur la terrasse...

— C'est vrai... Avec lui, c'était différent. Sans doute parce que j'étais furieuse contre lui ! Je me sentais obligée de me défendre.

— Possible. Mais cela signifie peut-être aussi que vous êtes faits l'un pour l'autre...

— Nora, et si tu essayais d'avoir une vie privée au lieu de passer ton temps à te mêler de la mienne?

— Seigneur ! s'exclama Nora en éclatant de rire. Mais tu débordes d'assurance et de confiance en toi, aujourd'hui ! D'où te vient cet heureux état d'esprit?

— De la fatigue, j'imagine. D'ailleurs, je crois que je vais aller me coucher...

Hélas, trois heures plus tard, Emily ne dormait toujours pas. Les yeux grands ouverts, elle s'efforçait vaillamment de compter les moutons. Un curieux mélange d'excitation et d'anxiété la maintenait en éveil. Etait-ce l'angoisse liée à la vente du magazine ? sa lassitude d'entendre Nora lui rabâcher qu'elle devait s'affirmer ? ou son trouble de s'être retrouvée seule avec McCabe ? Toujours est-il que quelque chose la perturbait. Quelque chose qu'elle craignait fort de ne plus pouvoir arrêter ni maîtriser...

Oui. Vivement qu'elle retrouve Rhode Island et sa petite vie calme et tranquille ! Une vie où les hommes comme Garrett McCabe ne lui accordaient jamais la moindre attention...

Garrett ramassa le morceau de papier qui avait été glissé sous sa porte et referma celle-ci d'un coup de coude.

Quelle journée ! Ou, plus précisément, quelle soirée... Il n'aurait trop su dire quand les choses avaient commencé à se gâter. Etait-ce quand Emily lui avait dit qu'elle était « froissée » ? Ou quand elle l'avait supplié de la raccompagner ? En tout cas, elle lui avait porté le coup de grâce en l'informant qu'elle était libre comme l'air...

Quelle dérision ! Comment avait-il pu basculer, en quelques heures à peine, de l'hostilité la plus complète à une indéniable attraction ? Lui, le chroniqueur de « Boys' Night Out » ! Etre séduit par une fanatique du plumeau ! Certes, tant qu'il l'avait cru mariée, il avait pu se voiler la face. Mais à présent...

Décochant un coup de pied rageur à une chaussure qui traînait par terre, il alla s'affaler sur son canapé.

Voyons ! Emily n'était-elle pas l'antithèse de tout ce qu'il avait coutume d'apprécier chez une femme ? Il adorait la spontanéité, elle prônait l'ordre ; il écrivait des satires, elle rédigeait des recettes ; il était un célibataire endurci, et elle une ménagère de choc ; il était abonné aux fast-foods, et elle cuisinait des tartes !

D'ailleurs, à propos de tartes...

Il déballa celle qu'elle lui avait donnée, s'en détacha un bon morceau et entreprit de le déguster. Oui, songea-t-il en se léchant les doigts, cette fille cuisinait sacrément bien !

Il se souvint alors du petit mot qu'il avait trouvé en entrant. Il s'agissait d'une invitation de Josh et Taryn à venir partager une pizza chez eux...

D'une main, il froissa le papier en boule et le lança dans la poubelle. Non. Il ne se sentait guère d'humeur à sociabiliser. Surtout avec d'heureux jeunes mariés ! Toutefois, après avoir fini une seconde portion de tarte, il songea que s'il restait seul dans son appartement, il allait passer la soirée à ruminer sur Emily... Mieux valait encore affronter le sourire béat de Josh ! De la tarte aux pacanes et une pizza en dessert, voilà qui ne composerait pas un si mauvais dîner, après tout...

Ragaillardi, il sortit de chez lui et monta sonner chez son ami.

La porte s'ouvrit aussitôt, et Taryn l'accueillit à bras ouverts.

— Garrett ! On n'espérait plus te voir ! Quand es-tu rentré ?

— Il y a juste quelques minutes, répondit-il en jetant à l'appartement un coup d'œil circulaire.

Il n'avait pas mis les pieds chez Josh depuis que Taryn y avait emménagé, et il était ébahi par le changement. On voyait des toiles et des châssis partout mais, au moins, les pièces donnaient enfin l'impression d'être habitées. Josh était un maniaque du rangement : Taryn avait de toute évidence réussi à assouplir ce déplorable penchant !

— Josh et Tru sont partis chercher les pizzas, expliqua-t-elle. Tu veux boire quelque chose ?

— Une bière, si tu as, déclara-t-il en gagnant le salon.

— Salut, McCabe chéri ! lui lança Caroline depuis le canapé. Viens donc t'asseoir près de moi...

Rompu aux manières familières de la femme de Tru, Garrett obéit. N'empêche, il n'en revenait toujours pas que, par la simple vertu du mariage, Caroline et Taryn aient pu d'emblée le considérer comme un de leurs grands amis !

Taryn revint ensuite avec une bière, et s'assit face à lui. Puis les deux femmes l'observèrent un moment en silence, comme une sorte de bête curieuse...

— Tu avais un rendez-vous galant, ce soir ? s'enquit enfin Caroline, que la vie sociale de Garrett passionnait.

En tant que conseillère conjugale, elle adorait se servir de lui comme cobaye et comme informateur sur les mœurs des célibataires endurcis du pays.

— Non, répondit-il. Juste une obligation professionnelle. Une réception en l'honneur d'Emily Taylor.

— Emily Taylor t'a invité à une réception ? s'écria Taryn. Après toutes les horreurs que tu as écrites sur elle ? J'aurais plutôt cru qu'elle t'inviterait à sauter d'un vingt-cinquième étage !

— Contrairement à la rumeur, Emily Taylor et moi-même entretenons d'excellents rapports, répliqua Garrett. Et comme mon patron compte racheter son magazine, nous allons sans doute bientôt faire tous les deux partie de la grande famille Parker.

— Hum ! Ce serait déjà un pas dans la bonne direction, commenta Caroline. Elle et toi pourriez peut-être vous entendre. Après tout, les contraires s'attirent.

— D'où sors-tu ce brillant théorème ? ironisa Garrett. De ta formation professionnelle ou d'un proverbe de grand-mère ?

— Ai-je mal entendu, ou t'a-t-il traitée de grand-mère ? dit Taryn en se penchant vers Caroline.

— Sûrement pas ! protesta Garrett. Vous êtes l'une et l'autre si jeunes et si charmantes que, si vous n'étiez déjà prises, je vous épouserais toutes les deux sur-le-champ...

— Trêve de flatteries, McCabe ! riposta Caroline. Quand vas-tu enfin te décider à te marier ?

— Tu sais, je pourrais te présenter une bonne amie à moi, proposa Taryn. Elle s'appelle Margaux. Elle est à moitié française et tient une galerie d'art. Je suis sûre qu'elle te plairait. Tu veux son numéro de téléphone ?

Mal à l'aise, Garrett jeta un rapide coup d'œil à sa montre.

— A quelle heure Tru et Josh sont-ils censés revenir ?

— Réponds d'abord à ma question, McCabe, répliqua Caroline.

— Oui, fit Taryn. Et à la mienne aussi !

— Mais c'est un complot ! Dois-je en déduire qu'il existe un pacte secret obligeant toutes les femmes à chercher une geôlière à chaque mâle encore en liberté ? protesta-t-il.

Caroline et Taryn le gratifièrent d'un sourire candide.

— Nous voudrions juste que tu sois heureux ! s'exclamèrent-elles en chœur.

— Mais je suis heureux ! Alors, cessez de vous faire du souci pour moi, et changeons de sujet.

— Soit, déclara Taryn. Parle-nous un peu d'Emily Taylor. Comment est-elle ? Est-ce que sa réception était réussie ? Que vous a-t-elle préparé de bon à manger ?

— C'est mon patron qui a organisé la réception, et il a fait appel aux services d'un traiteur. Quant à Emily Taylor, elle est plutôt... gentille.

C'était même un sacré euphémisme, songea-t-il, tandis que Caroline levait les yeux aux ciel.

— On s'en doute qu'Emily Taylor est gentille ! commenta Caroline. Mais encore ? Physiquement, de quoi a-t-elle l'air ?

De plus en plus embarrassé, Garrett haussa les épaules.

— Qu'est-ce que j'en sais, moi ? Elle est rousse, avec des yeux verts, des cheveux frisés... Elle n'est pas très grande... Et ce petit bout de bonne femme cuisine de fantastiques tartes aux pacanes ! conclut-il avec un sourire ravi.

— Tu es incorrigible, soupira Caroline.

— Mais c'est vrai, je te jure ! protesta Garrett.

Par chance, la porte s'ouvrit à cet instant, créant une diversion bienvenue, et Josh entra, suivi de Tru.

— Hé ! McCabe, s'exclama Tru. Content de te voir ! Où étais-tu passé ? Avec une mignonne ?

Garrett secoua énergiquement la tête.

— Il était temps que vous reveniez, s'exclama-t-il. J'ai encore subi un interrogatoire en règle. Vos femmes tiennent absolument à me caser !

— Bah ! le mariage a du bon, tu sais, répliqua Tru en disposant les pizzas sur la table. Tu devrais essayer.

— Comme éloge enthousiaste, j'ai déjà entendu mieux ! se récria Caroline.

— Tu sais bien ce que je veux dire..., répliqua Tru avec un sourire affectueux.

— Tu as de la chance que oui ! répondit-elle en lui rendant tendrement son sourire.

Cependant, les hommes étaient désormais majoritaires et, au grand soulagement de Garrett, la conversation s'orienta vers des thèmes moins compromettants, tels le prochain salon automobile et les derniers matchs de foot. D'ordinaire au centre de toutes les discussions, Garrett préféra, pour une fois, se tenir un peu en retrait, observant les deux couples.

Il était stupéfait de voir avec quelle aisance ses deux amis s'étaient glissés dans leur peau d'hommes mariés. Il n'aurait pourtant pas donné cher des chances de réussite de leurs unions respectives ! Caroline et Tru avaient des caractères totalement opposés. Quant à Josh et Taryn, ils semblaient encore plus différents, à supposer que cela fût possible. Mais peut-être Caroline avait-elle raison. Peut-être les opposés s'attiraient-ils vraiment... Parfois.

Lui, en tout cas, préférait les femmes qui partageaient ses centres d'intérêt. Et, plus spécifiquement, son goût pour le célibat! Des femmes qui aimaient le base-ball, le cinéma, le hockey et le restaurant. Et, bien sûr, le basket. Des femmes qui ne s'attendaient pas en permanence à ce qu'il passe les voir, et qui ne lui en voulaient jamais s'il appelait tard.

Certes, il n'avait jamais connu avec elles le genre de complicité que ses amis semblaient partager avec leurs compagnes : regards épris, sourires confiants, concessions mutuelles, affection sans bornes...

Il se sentit soudain comme la cinquième roue du carrosse. Décalé. Parfaitement inutile. Et, pour la première fois depuis qu'il connaissait Tru et Josh, il les envia un peu.

Eprouvant soudain le besoin de quitter cet endroit déprimant où il n'avait plus sa place, il reposa sa tasse de café.

— Il faut que j'y aille, déclara-t-il en se levant.

— Déjà? protesta Taryn.

— Oui. J'ai eu une rude journée... On se verra au poker mardi soir, les gars, d'accord?

— O.K., fit Josh. A mardi.

— Tu es sûr que tu ne veux pas le numéro de téléphone de Margaux? insista Taryn.

Avec un froncement de sourcils, Josh se pencha pour chuchoter quelques mots à l'oreille de sa femme.

— Je sais bien que Garrett est capable de se trouver des petites amies tout seul, répondit Taryn en bougonnant. Mais Margaux est vraiment adorable, ajouta-t-elle en se tournant vers lui avec un sourire malicieux. T'ai-je dit qu'elle est à moitié française? Et elle possède une gal...

Taryn ne put toutefois finir sa phrase, car Josh l'avait enlacée et la bâillonnait d'une main.

Avec un hochement de tête reconnaissant, Garrett s'éclipsa. Cependant, une fois devant la porte de son appartement, il se ravisa. Ce n'était pas de calme qu'il avait besoin, mais plutôt d'un peu d'animation, pour se changer les idées !

Rebroussant chemin vers la sortie de l'immeuble, il passa devant l'appartement 1-G. L'image qu'il avait cru voir dans le miroir lui traversa alors l'esprit, mais il la chassa résolument et poursuivit sa route. Non, vraiment, assez de sornettes !

Quand il arriva chez Flynn, il ne restait plus un siège libre. La salle était enfumée... et remplie de jolies filles. Après un bref coup d'œil de reconnaissance, il se fraya un chemin jusqu'au bar.

— Un scotch ! cria-t-il à Eddie dans le vacarme ambiant.

— T'as un chagrin d'amour ? s'enquit le barman.

— Je n'en sais encore trop rien, soupira Garrett. Je te dirai ça après mon deuxième verre.

Sur ce, il s'adossa au bar et regarda une jeune femme vêtue d'une robe moulante rouge vif traverser la pièce. Elle occupait une table avec une amie, aussi sexy qu'elle. En toute autre occasion, il leur aurait offert un verre mais, ce soir, allez savoir pourquoi, il trouvait leur allure provocante plutôt désagréable... Ses pensées revenaient obstinément à Emily. A son sourire timide, ses regards attendrissants. Sa fraîcheur, sa simplicité. Emily, elle, ne faisait pas semblant d'être autre chose que ce qu'elle était. Et elle ne promettait rien qu'elle ne fût sûre de vouloir tenir !

Tout de même. Il subsistait en elle quelques zones d'ombre... Mais était-ce bien raisonnable d'essayer de la fréquenter d'assez près pour les percer à jour ?

5.

— Félicitations, McCabe! J'apprécie votre sens du travail d'équipe, déclara Parker d'un air d'intense satisfaction.

Garrett lança un coup d'œil perplexe à son patron. Celui-ci l'avait fait convoquer le matin même par sa secrétaire.

— Quel travail d'équipe? s'enquit-il.

— Eh bien, cette petite séance d'excuses de vendredi. Je n'aurais pu rêver meilleure ouverture. Vous avez de l'instinct, mon gars.

— Je ne comprends pas ce que vous voulez dire, monsieur.

— Soit. Parlons peu, parlons bien : Emily Taylor nous inquiète. Elle semble hésiter à faire affaire avec nous. Nous devons donc la convaincre que nous sommes les meilleurs acheteurs pour son magazine, et vous allez nous y aider.

— Je doute fort qu'elle soit prête à se fier à mon opinion.

— Taratata! Vous l'avez revue depuis l'autre soir?

— Non.

— Parfait. Vous allez l'appeler pour lui proposer de la conduire quelque part. Emmenez-la à Disneyland, à

Knott's Berry Farm, où elle voudra... Ne lésinez pas. Vous mettrez tout ça sur votre note de frais.

— Ecoutez, protesta Garrett, ça m'étonnerait qu'elle ait davantage envie de sortir avec moi que moi avec elle...

— Alors, faites-la changer d'avis, coupa Parker d'un ton soudain glacial.

— Mais... pourquoi y tenez-vous tant? insista Garrett, refusant de se laisser intimider.

— Mme Taylor reste à l'écart des négociations. Il nous est donc difficile d'avoir prise sur elle. Or, pour que la vente ait lieu, nous devons obtenir l'accord des trois propriétaires : Arnie Wilson, Nora Griswold et Emily Taylor. Wilson nous a déjà donné sa bénédiction, Mme Griswold semble alléchée par notre offre mais, si Emily Taylor dit non, toute l'affaire capote.

— Peut-être, mais je vois mal comment quelques excursions pourraient influer sur sa décision...

— Ne jouez pas les idiots, McCabe. Maintenant que vous avez réussi à vous faire pardonner votre déplorable article, nul doute que votre charme naturel puisse grandement contribuer à plaider la cause des Publications Parker...

— Cet article n'avait rien de déplorable, maugréa Garrett.

— Ah non? Vous avez jeté un coup d'œil par la fenêtre? Des membres du fan-club d'Emily Taylor campent là depuis l'aube. Plusieurs animateurs de radio sollicitent déjà votre participation à des débats et, bien sûr, je présume qu'Adler vous a parlé des résiliations d'abonnement qui pleuvent... Vous avez de la chance que je vous soutienne à cent pour cent, McCabe. Dans les journaux concurrents, il est rare que les collaborateurs qui font chuter le tirage fassent long feu...

Garrett serra les dents. Cette fois, la menace était claire !

— Et si Mme Taylor ne veut vraiment pas vendre ? demanda-t-il.

— A vous de vous montrer persuasif. Enfin, réfléchissez : une divorcée qui sort de sa campagne et n'a aucun sens des affaires... Elle ne devrait pas être si difficile à convaincre ! Un ou deux dîners romantiques, et l'affaire devrait être dans le sac.

Ecœuré par tant de cynisme, Garrett se cramponna aux accoudoirs de son siège.

— Et si cela ne suffit pas ? s'enquit-il, s'efforçant de garder son calme.

— Ça, McCabe, c'est votre problème. Débrouillez-vous, mais il faut qu'elle vende. Et quand nous aurons fait d'elle une vedette, son nom nous rapportera une fortune, c'est moi qui vous le dis !

— Elle ne semble pourtant guère souhaiter se retrouver sous le feu des projecteurs...

— Bravo ! Voilà exactement le genre d'informations qui nous manque. Si elle refuse de jouer le jeu, nous devons le savoir d'avance, pour pouvoir trouver des solutions de rechange.

— C'est-à-dire ?

— Ma foi, si elle n'est pas capable de tenir le rôle que nous lui réservons, il suffira que quelqu'un d'autre s'en charge. Pour nous, l'essentiel est d'avoir le droit d'utiliser son nom.

— Très bien, fit Garrett, songeant qu'il serait toujours temps de dire ses quatre vérités à Parker quand il aurait une idée plus claire de ce qui se tramait. Qu'attendez-vous de moi, au juste ?

— Faites plus ample connaissance avec elle. Sondez ses intentions... et donnez-lui un petit coup de pouce dans la bonne direction ! Allons, McCabe, séduisant comme vous l'êtes, ce ne devrait pas être sorcier ! Donnez donc à cette petite dame une bonne raison d'emménager en Californie !

— Et moi, qu'est-ce que j'ai à y gagner?

— Tout, croyez-moi. Voyons, nous pourrions doubler votre salaire... Qu'en dites-vous?

Garrett faillit s'en étrangler de surprise. A ce tarif-là, il aurait gagné plus que son rédacteur en chef! *At Home* devait décidément être une sacrée mine d'or...

— Alors, reprit Parker, êtes-vous prêt à nous aider?

— Je ferai de mon mieux, monsieur, répondit Garrett, s'efforçant d'afficher un air aussi convaincu que possible.

— J'en étais sûr! déclara Parker en lui donnant une claque dans le dos. Informez-moi régulièrement. Je veux savoir tout ce que Mme Taylor fait et pense. Je compte sur vous, McCabe...

Garrett lui serra la main avec un sourire forcé, et entendit avec soulagement la porte se refermer derrière lui.

Qu'avait-il donc fait pour se retrouver mêlé à cette sinistre histoire? Certes, en d'autres circonstances, il aurait sauté de joie à l'idée de doubler son salaire... Mais comment encourager quiconque à traiter avec Parker quand lui-même s'en méfiait comme de la peste? Et, d'un autre côté, si Emily ne signait pas ce contrat, il pouvait dire adieu au *L.A. Post*!

Trop énervé pour attendre l'ascenseur, il dévala à pied les étages qui le séparaient de la salle de rédaction et se mit à la recherche de son factotum préféré.

— Alvin! hurla-t-il. Où es-tu?

— Ici, monsieur McCabe, répondit au loin la voix du stagiaire.

Découvrant enfin Alvin au coin de table qu'on lui avait attribué au service des sports, Garrett l'entraîna dans le bureau d'Adler, toujours inoccupé à cette heure.

— J'ai besoin de ton aide, mon garçon, déclara-t-il après avoir refermé la porte avec soin. Pour une affaire importante, et strictement confidentielle. Tout cela doit rester entre toi, moi, et ton copain du courrier. Compris?

— De quoi s'agit-il? demanda Alvin, soudain très excité.

— Appelons ça un exercice de journalisme d'investigation. Ton ami va devoir ouvrir grands ses yeux et ses oreilles. Je veux tout savoir, je dis bien tout, sur les négociations en cours pour l'achat d'*At Home*. Chaque fois que le nom d'Emily Taylor ou de son magazine sera mentionné, je veux en être averti. Et s'ils figurent sur un document écrit, il m'en faudra une copie.

— Mais... n'est-ce pas contraire au règlement?

— Alvin, crois-en ma longue expérience, un journaliste doit parfois savoir passer outre les règlements. C'est à lui de se forger sa propre opinion, par tous les moyens qu'il juge bons.

— Mais ça pourrait nous causer un tas d'ennuis!

— En cas de problème, c'est moi qui porterai le chapeau. Je m'arrangerai pour que ni toi ni ton copain ne soyez inquiétés. Maintenant, penses-tu pouvoir m'aider?

— Je veux bien essayer. Mais est-ce que vous pourriez faire quelque chose pour moi en échange?

— Tout ce que tu voudras! Ça te plairait d'avoir ma batte de base-ball avec l'autographe du grand Willie Mays dessus?

— Non, c'est très gentil, mais je ne vous en demande pas tant.

— Alors, qu'est-ce qui te ferait plaisir?

— Pourriez-vous juste vous souvenir de m'appeler Alex, s'il vous plaît? Alvin, c'est un nom de personnage de bandes dessinées, pas de reporter sportif!

Avec un sourire, Garrett donna une bourrade au gamin.

— O.K., Alex, pas de problème! Et maintenant, il faut que je te laisse. J'ai à faire en ville.

Sur ce, il sortit gaiement du bureau. A présent au moins, si Parker mijotait un sale coup contre Emily, il en serait le premier informé...

Emily examinait avec désespoir les négatifs photo posés sur la table lumineuse. Avec ou sans mousse, ses champignons restaient toujours aussi ternes. Ils rendaient décidément mieux en sauce qu'en photographie !

— Les formes sont intéressantes..., commenta Nora en se penchant par-dessus son épaule.

— Tu veux rire ? soupira Emily. Si ton directeur artistique voit ces clichés, il n'est pas près de me laisser superviser une autre séance de photos !

— Voyons, Emily, c'est toi la patronne ! Tu peux essayer tout ce qui te chante sans te soucier de l'avis de Dennis. Mais depuis trois ans qu'il travaille avec nous, tu pourrais au moins essayer de te rappeler son prénom...

— Pour quoi faire ? De toute façon, il me déteste. Chaque fois que je mets les pieds dans son bureau, il me regarde comme si j'allais lui piquer ses crayons !

— Ecoute, Emily, désormais, nous ne pouvons plus tout faire nous-mêmes. Il va falloir que tu t'habitues à déléguer un peu tes responsabilités...

— C'est vrai. Alors, qu'est-ce qu'on fait ?

— On appelle Dennis et on lui dit de trouver autre chose pour le prochain numéro.

— Mais c'est toujours moi qui me suis occupée du reportage de couverture ! Et si on essayait avec des pâtes ? Ce serait plus coloré.

— Nous ne sommes pas à New York, Emily. Ici, il n'y a pas beaucoup de marchés italiens à photographier...

— Bon. Qu'y a-t-il en Californie que nous puissions exploiter ?

— Les plages, les palmiers, les tremblements de terre, les embouteillages, les stars de cinéma...

— Il n'y a pas de raisin ?

— Voyons, c'est le printemps ! La Californie a beau

être le paradis des légumes et des fruits, ce n'est pas précisément la saison du raisin.

— Exact. Qu'est-ce qui pousse en ce moment?

— Les asperges, la laitue... Tu veux faire une page sur les salades?

— Et les fleurs? s'exclama soudain Emily. Il y a plein de fleurs en ce moment! Je viens justement de lire une brochure sur un parc appelé les Descanso Gardens. Il paraît qu'on y trouve plus de six cents variétés de camélias, avec en plus des azalées, des plantes à bulbe et une immense roseraie.

— Mais nos lectrices ne mangent pas de fleurs!

— Elles ont bien tort. Et, de toute façon, depuis quand ce dossier doit-il se cantonner à quelque chose d'alimentaire? Allons, c'est décidé, le reportage du mois portera sur les fleurs. C'est bien toi qui as dit que je suis la patronne?

— J'aurais mieux fait de me taire!

— Tss tss... Je me renseigne pour savoir où est ce parc, et on y va tout de suite.

— Impossible, répliqua Nora, redevenant sérieuse. Je dois déjeuner avec Parker pour faire le point avec lui sur nos services de diffusion et, après, j'ai une téléconférence avec nos démarcheurs.

— Zut! Il va falloir que j'y aille toute seule? murmura Emily, déçue.

— Tu n'as qu'à demander à McCabe de t'accompagner.

— Ah! Laisse tomber...

— Mais puisque Parker te l'a proposé! Viens avec moi au *Post* : on verra bien si McCabe est libre. Et sinon, tu n'auras qu'à déjeuner avec Parker et moi, et je t'emmènerai à ton parc après ma téléconférence.

Emily soupira. Elle se retrouvait avec trois options, toutes moins alléchantes les unes que les autres : rester au studio à ruminer sur ses photos ratées, assister à une réunion assommante avec Parker, ou prier McCabe de la conduire aux Descanso Gardens. Certes, elle avait conclu un pacte avec le journaliste, mais les hommes étaient rarement sensibles aux fleurs ! Le prendre par la gourmandise eût sans doute été une meilleure approche... Cela dit, il ne s'agissait pas de gagner son cœur... ni même son approbation ! Oui, au fond, pourquoi ne pas profiter de l'occasion ?

Les locaux du *Post* n'étaient qu'à cinq minutes en voiture de l'entrepôt désaffecté qui servait d'atelier à Colin. Tandis que Nora se garait en face de l'immeuble, Emily remarqua un groupe de manifestantes devant l'entrée. Il lui fallut toutefois s'approcher un peu avant d'arriver à lire leurs pancartes.

« Garrett McCabe : aussi nul que le *Post* »
« Femmes d'intérieur et fières de l'être »
« Emily Taylor présidente ! »

— Oh ! non, s'exclama-t-elle en agrippant le bras de Nora. Qui a dit à toutes ces dames de venir ici ?

— Personne. Ce sont tes admiratrices. Elles ont juste envie d'exprimer leur opinion.

— Mais, dans ce cas, je ne peux pas franchir leur barrage ! Ce ne serait pas bien !

— Ne sois pas ridicule. Personne ne te reconnaîtra.

— Sauf si certaines m'ont vue à la séance de dédicaces. Nora, il est hors de question que j'entre par cette porte. Je ne veux pas passer pour une traîtresse !

— Très bien. Nous emprunterons l'entrée des fournisseurs. A moins que tu ne préfères appeler McCabe d'ici ?

Emily haussa les épaules et suivit à contrecœur son amie de l'autre côté du bâtiment. Enfin, une fois à l'étage de la salle de rédaction, Nora la poussa hors de l'ascenseur.

— Amuse-toi bien, lui lança-t-elle avant de poursuivre jusqu'au septième, où se trouvait le bureau de Parker.

Emily se retrouva alors dans un hall immense, rempli de longues rangées de box en Plexiglas fumé et d'une foule de reporters frénétiques. Doutant fort de pouvoir s'orienter seule dans ce dédale, elle attendit un moment devant l'ascenseur. Puis, comme personne ne semblait disposé à s'occuper d'elle, elle prit son courage à deux mains et s'avança dans la salle.

Chaque box portait sur une plaque le nom de son occupant mais, après en avoir inspecté une rangée, elle se résolut à demander de l'aide. Un jeune homme maigrichon s'approchait justement, moins intimidant que la plupart de ses collègues...

— Excusez-moi, fit Emily, je cherche Garrett McCabe.

— Son bureau est deux rangées plus loin, répondit le jeune homme avec affabilité. Je vais vous montrer.

Soulagée, Emily se confondit en remerciements et le suivit jusqu'à un box où une pancarte portant la mention : « Ne jetez pas de nourriture au chroniqueur » surmontait la plaque réglementaire.

— Vous avez de la chance de le trouver ici, commenta le jeune homme. En général, il travaille plutôt chez lui ou au café... Il est vraiment cool, vous savez. Au fait, ajouta-t-il en lui tendant la main, Alex Armstrong, service des sports.

— Enchantée, répondit Emily, avant de retenir son souffle.

McCabe venait en effet de se matérialiser dans l'embrasure de la porte, un petit sourire aux lèvres.

— Tiens, tiens, Emily Taylor ! dit-il. Vous seriez-vous enfin décidée à quitter votre cuisine ?

La mine stupéfaite, Alex les dévisagea tour à tour.

— Emily Taylor ? répéta-t-il. La vraie ? Ça alors ! Ma

mère achète tous vos livres ! Je peux avoir un autographe ?

Mal à l'aise, Emily se força à sourire. La vue d'un seul
fan, aussi jeune soit-il, suffisait désormais à la déstabili-
ser.

— Donnez-moi plutôt l'adresse de votre mère,
proposa-t-elle. Je lui enverrai un exemplaire dédicacé de
mon prochain livre.

— Sérieux ? Ce serait super ! Ma mère va sauter au
plafond !

— Au sens figuré, j'espère, intervint Garrett. Sans
quoi elle risque de se faire mal.

— Je veux dire, elle va péter les plombs, elle va être
giga-contente !

— C'est très gentil, dit Emily, peu sûre d'apprécier
l'effet qu'elle semblait produire sur la maman d'Alex.

— Vous savez, je suis navré que les roses de
M. McCabe vous aient déplu. Il a fait une drôle de tête
quand je lui ai rapporté les tiges sans...

— Alvin, coupa sèchement Garrett, tu n'as rien de
plus urgent à faire ?

Roulant de gros yeux, le gamin grommela :

— Alex ! Vous m'aviez promis... C'est Alex que je
m'appelle.

— Alex, va faire un tour, ordonna Garrett avant de
s'adresser de nouveau à Emily. Eh bien, madame Taylor,
qu'est-ce qui nous vaut le plaisir de votre visite ? Vous
êtes passée inspecter le piquet de grève de vos fans ?

Emily ne put s'empêcher de rougir.

— Je... je suis vraiment navrée, dit-elle. Je n'aurais
jamais cru que ces gens viendraient manifester jusque
sous vos fenêtres !

— Je dois être d'humeur naïve, aujourd'hui, mais je
vous crois, répondit Garrett avec un large sourire. C'est
sûrement cette charmante rougeur sur vos joues qui m'a
convaincu.

Du coup, Emily s'empourpra davantage. Décidément, cet homme était encore plus redoutable sur le registre du charme que sur celui du sarcasme !

— Or donc, madame Taylor, reprit-il, que puis-je faire pour vous être agréable ?

— Vous pourriez commencer par m'appeler Emily, murmura-t-elle, gênée par tant de cérémonie.

— A vos ordres... Emily.

Cependant, entendre ces syllabes dans la bouche de McCabe la troubla énormément. Elle avait toujours détesté son prénom, le trouvant trop strict et démodé, mais la voix du journaliste lui conférait une sonorité plus chaleureuse, plus intime... beaucoup moins impersonnelle qu'Emily Taylor, en tout cas !

— Bien, reprit-il. Ceci étant réglé, puis-je connaître le motif de votre visite ?

— Les champignons ! laissa échapper Emily. J'ai un problème avec mes champignons...

— Vous m'en voyez navré, mais qu'y puis-je ? répondit-il avec une pointe d'ironie dans la voix.

— C'est-à-dire que, dans chaque numéro d'*At Home*, nous présentons un dossier sur un produit alimentaire, en faisant parfois le lien avec le jardinage. Ce mois-ci, je pensais traiter des champignons, mais les photos sont trop ternes... Vous comprenez, d'habitude, nous choisissons des sujets très colorés, comme les tomates et les poivrons, les pommes, les jus de fruits...

— D'accord. Mais quel rapport entre ces champignons et moi, Emily ?

— Eh bien, aucun. Sauf que, tout bien considéré, je voudrais réaliser un dossier sur les fleurs, à la place. Et, du coup, j'ai besoin que quelqu'un m'emmène voir les camélias des Descanso Gardens. M. Parker avait dit que vous pouviez me faire visiter Los Angeles, vous vous souvenez ?

— Je m'en souviens parfaitement, répliqua-t-il d'un ton soudain plus sec.

— Alors, vous voulez bien, monsieur McCabe ? demanda Emily d'un air implorant.

— Garrett.

— Euh... Garrett, répéta-t-elle en avalant convulsivement sa salive.

— Est-ce que je veux bien quoi ?

— M'accompagner dans ce parc. Après tout, cela vous donnerait l'occasion de me voir à pied d'œuvre... non ?

— Certainement. Le temps de rendre mon papier, et je suis à vous pour tout le reste de la journée.

En entendant ces mots, Emily crut qu'elle allait défaillir.

A elle...

Pour tout le reste de la journée !

Une perspective aussi angoissante qu'alléchante, car elle se sentait fort peu préparée à résister au charme dévastateur du journaliste ! Au fond, elle était plus à l'aise avec lui quand il était en colère. Et s'appeler par leurs prénoms n'était sûrement pas le meilleur moyen de maintenir une confortable distance entre eux !

— Allons-y, reprit-il en attrapant sa veste et quelques feuilles de papier. Je déposerai mon article au passage.

— Mieux vaut sortir par-derrière, s'exclama précipitamment Emily. Sinon, ces dames qui manifestent vont me huer !

— Quelle idée ! s'esclaffa Garrett. Elles vont vous acclamer, au contraire. Non, non, sortons par-devant ! Comme ça, vous pourrez les remercier de leur soutien et les renvoyer chez elles. Et pendant que vous y êtes, vous pourriez peut-être leur expliquer que je ne suis pas si nul que ça.

— Non ! s'écria Emily, paniquée.

Garrett leva un sourcil interrogateur.

— Bon. Mettons que je sois nul, concéda-t-il.

— Oh, non! excusez-moi, ce n'est pas ce que je voulais dire, répliqua-t-elle en lui agrippant le bras. C'est juste que... je ne saurai pas quoi leur raconter. C'est moi qui aurai l'air complètement nulle!

Garrett la dévisagea un moment, puis recouvrit gentiment sa main avec une des siennes.

— Il n'y a aucune raison d'avoir peur, Emily, dit-il. Ces femmes ne vous veulent que du bien. Vous n'aurez qu'à leur signer quelques autographes et leur demander de partir.

— J'en suis incapable, je vous jure, répliqua Emily en dégageant nerveusement sa main. Quand je pense que M. Parker voudrait mettre ma photo sur chaque numéro du magazine...

— L'idée vous déplaît?

— Ça vous plairait, à vous?

— Ma photo figure à côté de chacun de mes articles.

— C'est vrai... Mais, vous avez de la chance, cette photo n'est pas très ressemblante! Comme ça, au moins, vos fans ne risquent pas de venir vous embêter dans la rue.

— Mais ils ne m'embêtent pas, puisque ce sont mes fans! Ça me fait plaisir de leur parler. Et ça fait partie de mon travail. Ça aide à vendre le journal et c'est bon pour ma carrière.

— Quel courage vous avez! soupira Emily.

Garrett dissimula à peine un sourire.

— Si l'idée d'être en couverture vous terrorise tant, pourquoi ne pas l'expliquer à Parker? demanda-t-il.

— Nora dit que je dois soigner mon image de marque, que sinon, Parker ne voudra pas du journal. Et, d'après elle, ce partenariat avec lui est une occasion inespérée pour nous.

— Vous ne partagez pas cet avis? s'enquit Garrett en glissant ses feuillets dans une corbeille, au bout de l'allée.

— Je n'en suis pas très sûre... En fait, j'ai toujours un peu de mal à m'adapter aux changements. Alors, j'aime mieux que rien ne bouge !

— Et pourtant, un petit changement de temps en temps peut contribuer à améliorer les choses ! déclara Garrett en la prenant galamment par la taille.

Elle frissonna, toute son attention soudain concentrée sur la zone de contact entre la main de Garrett et sa colonne vertébrale. Un contact si troublant, si délicieux, qu'elle aurait voulu qu'il dure toujours...

— Vous avez sûrement raison, murmura-t-elle, les yeux baissés, en s'engouffrant dans l'ascenseur.

Maudites jonquilles ! songea Garrett. Quel plaisir pouvait-on trouver à contempler pendant des heures de petits machins aussi insignifiants ? Pour sa part, il aurait été bien en peine de différencier chacune des variétés également jaunes qui arrachaient à Emily des cris d'admiration...

S'il avait caressé l'espoir de faire plus ample connaissance avec elle, il n'avait pas tardé à déchanter. La visite avait commencé par les six cents variétés de camélias, dont — grâce au ciel ! — les fleurs commençaient à se faner. Sans quoi, à l'heure qu'il était, ils n'eussent sans doute pas encore dépassé la variété numéro 217 ! Ils s'étaient ensuite dirigés vers la section des orchidées d'extérieur mais, au bout de deux heures de papillonnage extasié, Emily était parvenue à la conclusion que les orchidées, trop exotiques pour ses lectrices et trop capricieuses quant au climat, ne constituaient pas un sujet de reportage adapté.

Entre-temps, ils avaient croisé un vieux botaniste. Emily s'était d'abord tenue timidement en retrait, mais ils n'avaient pas tardé à briser la glace devant les plates-bandes de fleurs bulbeuses, et se trouvaient à présent absorbés dans une discussion apparemment captivante sur les mérites comparés des iris, des tulipes et des jonquilles, tandis que lui-même en était réduit à les suivre en traînant les pieds.

La peste soit des botanistes! Jamais il ne s'était autant ennuyé de sa vie... Emily semblait avoir oublié jusqu'à son existence. Mais après tout, tant mieux! Comme ça, au moins, il n'aurait rien à raconter à Parker, et pourrait se dispenser d'une nouvelle visite à son patron...

Les oreilles d'Emily devaient siffler, car elle se tourna soudain vers lui.

— Elles sont belles, n'est-ce pas? s'exclama-t-elle avec la mine émerveillée d'une petite fille devant un sapin de Noël.

En la voyant, Garrett eut comme un coup au cœur. Emily semblait appartenir à ce parc, tant elle y était à l'aise. Ses cheveux cuivrés luisaient au soleil, créant une sorte d'auréole angélique autour de son visage, et l'éclat de son sourire outrepassait celui des fleurs qui l'entouraient...

— Magnifique, répondit-il dans un souffle, étonné que son irritation se soit subitement évaporée.

Alors, tandis qu'Emily reprenait sa conversation avec le botaniste, Garrett l'observa mieux, plus attentif à sa grâce innée, à sa douceur sans affectation. Puis, luttant contre l'attirance qu'il sentait monter en lui, il se força à détourner les yeux vers les plates-bandes. Et quand enfin le vieil homme se décida à prendre congé, Garrett s'aperçut qu'il appréhendait de se retrouver seul avec la jeune femme. Il venait d'avoir une sorte de révélation, là, au milieu des fleurs : un aperçu de l'univers de sa compagne, un monde de joies simples et de beautés enchanteresses. Un monde qui lui échappait... et où il n'avait aucune place !

— Et maintenant, allons jeter un coup d'œil aux lilas, proposa joyeusement Emily.

— Mais voilà des heures que nous tournons en rond dans ce parc ! Vous ne voulez pas aller manger un morceau, plutôt ? protesta-t-il.

— C'est que je ne voudrais rien manquer : je ne reviendrai sans doute pas de sitôt ! Mais il ne reste plus que les lilas. Après, nous pourrons partir, c'est promis.

En chemin, Emily lui apprit que ces jardins avaient appartenu à un ancien magnat de la presse, E. Manchester Boddy, ce qui renforça quelque peu leur intérêt à ses yeux. Puis, tout à coup, elle se figea au beau milieu d'une allée.

— Vous sentez ? dit-elle.

Garrett hocha la tête. Il sentait, certes, quelque chose. Quant à savoir quoi, c'était une autre histoire...

— J'ai plusieurs lilas dans mon jardin, expliqua alors Emily. J'adore leur parfum. Au printemps, j'en coupe toujours quelques branches à mettre dans des vases. Comme ça, la maison embaume pendant des semaines.

Un peu plus loin, ils découvrirent enfin les arbustes. Avec un rire joyeux, Emily s'approcha d'une branche et enfouit son visage dans les grappes odorantes. Puis elle se tourna vers Garrett et lui tendit la branche.

— Sentez ! C'est paradisiaque, s'exclama-t-elle en fermant les yeux avec ravissement.

Garrett ne comprit jamais ce qui l'avait possédé, à cet instant. Etait-ce le spectacle de cette jeune femme au milieu des fleurs, ou ce parfum entêtant comme un aphrodisiaque ? Toujours est-il que, s'avançant un peu, il vint doucement poser ses lèvres sur celles d'Emily...

Il la sentit hoqueter de surprise et, quand il recula, elle le dévisagea fixement, l'air paniqué.

« Crétin ! » songea-t-il aussitôt, maudissant son impulsivité. Bien sûr, Emily n'était pas comme ces femmes qu'il avait coutume de fréquenter ! De toute évidence peu habituée à flirter, elle ne pouvait que mal interpréter son geste...

Pourtant, contre toute attente, un sourire lumineux éclaira peu à peu le visage de sa compagne.

— On ferait peut-être mieux d'aller voir les roses ? murmura-t-elle enfin.

Il acquiesça, trop heureux qu'elle ne se soit pas fâchée et, en s'acheminant vers la roseraie, il lui prit tout naturellement la main. Là encore, par miracle, elle ne protesta pas.

Ils se promenèrent longtemps parmi les roses. Renonçant à examiner chaque fleur, Emily avait entrepris de lui faire un cours sur les rosiers. Sans vraiment l'écouter, il la suivait avec ravissement, se laissant bercer par sa voix mélodieuse...

— Comment se fait-il que vous sachiez tant de choses sur les fleurs ? demanda-t-il soudain. Sur les fleurs, les crevettes et tout le reste ?

— Oh ! je ne suis pas si savante que ça, protesta-t-elle en riant.

— Bien sûr que si.

— Disons que j'aime bien me documenter... Mais je sais que mes connaissances ne valent pas grand-chose à côté de celles d'un astrophysicien ou d'un biochimiste !

— Qui a dit ça ?

— Mais... vous. Dans votre article. D'ailleurs, mon ex-mari partageait entièrement cet avis, ajouta-t-elle avec un sourire triste, qui bouleversa Garrett.

— Emily, si ce que j'ai écrit vous a blessée, croyez bien que je le regrette...

— Je sais, soupira-t-elle. J'imagine que je vais juste devoir apprendre à me blinder contre ce genre de choses.

— Vous êtes déjà dotée d'une force peu commune. On ne réussit pas aussi bien que vous dans le monde de l'édition sans courage et sans détermination...

— Vous vous trompez. J'ai écrit mes livres parce que j'étais incapable de faire autre chose, voilà tout.

— Pourquoi êtes-vous si dure envers vous-même? Vous avez beaucoup de talent. Tout le monde s'accorde à le dire.

— Vous le pensez vraiment? demanda-t-elle en levant vers lui de grands yeux suppliants.

Garrett hocha la tête, tenté de l'embrasser de nouveau, mais elle détourna vivement son regard.

— Il vaudrait mieux rentrer, je crois, reprit-elle.

— Si vous y tenez, répondit-il sans chercher à masquer son dépit.

Pendant le trajet du retour, la conversation roula autour de commentaires peu compromettants sur le parc. Garrett sentait qu'Emily regrettait ses allusions à son ex-mari et, pour la première fois, il éprouva une réelle curiosité quant aux raisons de leur divorce. Emily avait pourtant dû se montrer une épouse parfaite... Hélas, elle ne semblait guère souhaiter s'étendre sur la question!

— Où aimeriez-vous aller demain? lui demanda-t-il enfin, après un silence plus long que les autres.

— Pardon?

— Demain, ça vous dirait d'aller faire un tour au Farmers' Market? Nous pourrions y passer l'après-midi et manger sur place. On peut y déguster toutes sortes de spécialités.

— Je... je ne sais pas si je pourrai. Je dois m'occuper de ce reportage, tout expliquer au photographe... J'en aurai sans doute pour la journée.

— Je pourrais passer vous prendre à Malibu à 14 heures, insista Garrett. Je suis sûr que ce marché vous plairait.

Emily hésita un moment, puis esquissa un pâle sourire.

— D'accord. Si je trouve un créneau, je vous téléphonerai demain pour confirmer.

Ils n'ajoutèrent plus rien jusqu'à ce que Garrett se gare devant la villa de Parker. Et, cette fois, Emily ne l'invita pas à entrer. Elle ouvrit seule sa portière, fit un rapide signe d'adieu et se précipita vers la maison.

Perplexe, Garrett resta quelques minutes immobile avant de se décider à repartir. Décidément, malgré ses airs de spontanéité et de franchise, la délicieuse créature qu'il avait embrassée parmi les fleurs avait des comportements bien imprévisibles...

6.

— Tu as préparé des croissants ? Hum ! Ça doit vraiment aller mal, commenta Nora en arrivant dans la cuisine, le lendemain matin.

— Bon sang ! pourquoi cherches-tu toujours à interpréter mes moindres faits et gestes ? protesta Emily. N'ai-je pas le droit d'avoir envie de croissants pour le petit déjeuner ?

— A d'autres ! déclara Nora avec un bâillement. Des croissants frais à 8 heures du matin, ça veut dire que tu as commencé à préparer ta pâte en plein milieu de la nuit. Alors, tu ferais mieux de m'expliquer dès maintenant ce qui a motivé tes insomnies parce que, de toute façon, je finirai bien par le savoir, conclut-elle en se perchant sur un tabouret.

Boudeuse, Emily poussa un bol de café vers son amie. Décidément, ses ridicules manies culinaires finissaient toujours par la trahir... Mais Nora avait raison : elle n'était vraiment pas dans son assiette. Tout ça à cause de Garrett et de son baiser inopiné ! Un baiser qu'elle avait revécu pendant des heures dans son lit, avant de se décider à descendre dans la cuisine...

La voix de Nora la tira enfin de ses ruminations.

— Au fait, comment s'est passé ton après-midi au parc ?

— Euh... bien. Ils ont une superbe collection de jonquilles ! J'ai décidé de montrer pour chaque variété une photo du bulbe, avec une fleur coupée à côté, et...

— Oublie donc les fleurs, coupa Nora. Parle-moi plutôt de ce que tu as fait avec McCabe.

— Eh bien... nous sommes d'abord passés devant les camélias, mais ils étaient fanés. Puis nous sommes allés voir les orchidées, et nous avons rencontré un monsieur qui...

— Arrête ! Tu sais très bien ce que je veux dire, coupa de nouveau Nora.

— D'accord. Il m'a embrassée. Tu es contente ?

— Assez, oui, répliqua Nora avec un petit sourire. Et toi ?

— Comment ça, et moi ?

— Eh bien, ce baiser était-il agréable ?

« Sûrement pas ! » faillit s'exclamer Emily. Mais elle était incapable de mentir à ce point...

— Comment veux-tu que je le sache ? grommela-t-elle enfin. Je manque d'éléments de comparaison. Le seul homme qui m'ait jamais embrassée auparavant était Eric... Et, bien sûr, Johnny Kelly, en primaire, mais ça ne compte pas, parce que c'était sur la joue.

— Alors, c'était comment ?

— Affreusement embarrassant. C'était pendant la récré, tous les autres gosses nous regardaient et...

— Emily ! Je me fiche de Johnny Kelly !

— Oh ? Eh bien, avec Garrett, c'était très embarrassant aussi... et en même temps fantastique ! Ça m'a coupé le souffle ! J'ai d'abord cru que j'allais m'évanouir, et puis mon esprit s'est mis à galoper à toute allure...

— Excellent...

— Et puis je lui ai dit qu'il valait mieux qu'on aille voir les roses, conclut Emily.

— Non ? Quel gâchis ! Moi, si un gars pareil m'avait

embrassée, je me serais dépêchée de l'entraîner dans les buissons avant qu'il change d'avis ! Mais, évidemment, ajouta Nora avec un soupir, ce n'est pas à moi que ça risque d'arriver...

— C'est bien le problème, Nora. Toi, tu aurais su quoi faire. Tandis que moi, je ne me souviens même plus comment ça s'était passé avec Eric... Tout ça reste flou comme des souvenirs d'enfance !

— A ta place, maugréa Nora, en ce qui concerne Eric, j'essaierais de devenir totalement amnésique.

La sonnerie du minuteur se déclencha soudain, et Emily se précipita vers le four pour en tirer une appétissante plaque de croissants cuits à point.

— En tout cas, j'ai été complètement prise au dépourvu, reprit-elle. Tu te rends compte, on ne s'était même pas encore pris la main ! Est-ce qu'on ne doit pas commencer par ça, avant de s'embrasser ? Et puis, on n'est pas censée accorder ce genre de privautés à un garçon dès le premier rendez-vous, que je sache ! Maintenant, il va sûrement me prendre pour une fille facile... Moi ! Tu imagines ?

— Emily, répliqua Nora avec placidité, je vais t'expliquer quelque chose. Tu es une grande fille, à présent. Depuis quelque temps déjà. Et, contrairement aux enfants, les adultes établissent leurs propres règles. Si tu as envie d'embrasser McCabe en plein milieu d'un carrefour, et en faisant le poirier en prime, ça ne regarde que toi.

— C'est vrai ? Tu vois, je ne le savais même pas. Je suis imbattable sur les soufflés et les rideaux plissés, mais je n'ai aucune idée de la manière dont on doit se comporter avec les hommes. Je n'ai plus qu'à me tenir aussi loin que possible de McCabe.

— Mais pourquoi ? Au contraire, profite de l'occasion pour élargir tes connaissances ! Considère ça comme un exercice de développement personnel.

— Nora, tu sais bien que je ne partage pas ta passion pour le développement personnel...

— Enfin, est-ce que tu as réussi tes rideaux du premier coup ?

— Non. Il m'a fallu beaucoup de pratique pour les faire tomber convenablement. Mais ça n'a rien à voir. Je ne me suis jamais sentie sur le point de défaillir en taillant des rideaux. Et, contrairement à Garrett, ma machine à coudre ne fait rien sans mon autorisation !

— N'empêche. Flirter un peu te ferait sûrement du bien.

— Je ne suis pas douée avec les hommes, Nora. Il n'y a qu'à voir comment a fini mon mariage...

— Voyons ! Ton mariage a échoué parce que Eric était un infâme salopard ! Et puis, embrasser McCabe ne t'oblige pas à l'épouser, que diable ! Ni même à avoir une liaison avec lui. Quand les négociations avec Parker seront terminées, tu pourras repartir tranquillement, avec juste un peu plus d'expérience !

— Mais je ne pourrai jamais faire une chose pareille !

— Pourquoi ? Bats-toi un peu, si ce type te plaît ! Quand comptes-tu le revoir ?

— Je ne sais pas trop... Il voulait m'emmener au Farmers' Market cet après-midi. D'ailleurs, mieux vaudrait que je l'appelle tout de suite pour le prévenir que c'est impossible.

— Tu es folle ? Vas-y ! Mais tu as intérêt à dormir un peu, avant. Tu as une mine de déterrée...

— Nora, je ne peux pas aller me promener aujourd'hui : je dois m'occuper de ce dossier sur les fleurs. J'ai préparé une liste des variétés que je voudrais présenter, mais il va falloir contacter les responsables du parc pour voir s'ils peuvent nous fournir des spécimens à photographier.

— Donne-moi ta liste, je m'en charge. Et toi, retourne donc te coucher !

94

Mais Emily secoua obstinément la tête.

— Nora, je ne veux pas m'impliquer sentimentalement avec un homme. D'ailleurs, à quoi bon? D'ici à quelques jours, nous serons déjà reparties.

— Pas forcément..., répliqua Nora avec un sourire taquin. Parker aimerait que nous transférions nos bureaux ici.

— Quoi? Jamais de la vie! Il est exclu que j'habite à Los Angeles!

— Mais pourquoi donc?

— D'abord, en Californie, il n'y a pas de saisons. Or *At Home* suit les saisons. Ici, nos numéros d'hiver auraient la même tête que nos numéros d'été. Ensuite, je ne supporterais pas de voir le soleil briller en permanence. J'aime aussi la pluie et la neige, moi!

— Et le gel, et la grêle, d'accord. Mais qui t'empêcherait d'aller faire des reportages dans l'Est à la mauvaise saison?

— Et ma maison? Tu voudrais que je l'abandonne? Et mon marché favori, mes fournisseurs préférés... Sans parler de mon jardin! Il m'a fallu des années pour acclimater la plupart de mes plantes... Et puis, je ne pourrais jamais vivre sans roses anglaises. Or comment veux-tu qu'elles survivent, ici?

— Ne t'énerve pas, réfléchis-y, rien ne presse...

— Si nous vendons le magazine — et je dis bien si! —, nous en discuterons. Mais pas avant.

A ces mots, la mine de Nora s'assombrit.

— Emily, pourquoi hésites-tu encore? J'ai épluché les chiffres, je t'ai montré les rapports : nous avons vraiment tout à y gagner! Où est le problème?

— Je ne sais pas... Ça m'ennuie de me retrouver simple employée. Après tout, c'est nous qui avons créé *At Home*. Pourquoi Parker aurait-il le droit d'en faire ce qu'il veut, à présent?

— Mais le contrat qu'il propose nous garantit la maîtrise absolue de tout le volet créatif! Laisse-le donc prendre les risques financiers! Et puis, ce serait quand même bien d'avoir un gros chèque qui tombe tous les mois...

— Je sais, je sais. Mais cette perte de contrôle ne me dit rien qui vaille.

— Parce que tu projettes.

— Je projette, maintenant? Je croyais que je transférais.

— Tu fais les deux. Tu projettes sur les négociations avec Parker tes angoisses et tes doutes au sujet de McCabe. En réalité, c'est de McCabe que tu te méfies.

— Hum! Tu n'as peut-être pas tort..., soupira Emily.

— Ecoute, dit Nora en lui passant un bras affectueux autour des épaules. Rien ne sera signé tant que tu ne seras pas entièrement convaincue du bien-fondé de cette vente. D'accord? Somme toute, les éditeurs ne manquent pas. Si Parker te déplaît, nous en trouverons un autre.

— Mais Parker est le meilleur, n'est-ce pas? Ne va surtout pas croire que je ne te fais plus confiance, Nora. Simplement, depuis notre arrivée ici, tout me semble si nouveau, si imprévisible... Je ne sais plus très bien où j'en suis.

— Bah! tu es fatiguée. Ça ira mieux après quelques heures de sommeil. Monte donc te reposer un peu. Je préviendrai McCabe que tu ne peux pas le voir.

— Merci, Nora, répondit Emily avec soulagement. Je ne sais pas ce que je ferais sans toi!

Emily dormit d'un sommeil haché, entrecoupé de rêves. Dans l'un d'eux, elle se voyait dans un stage d'affirmation de soi animé par un personnage en minijupe qui ressemblait étrangement au général Patton. Espérant passer inaperçue, elle s'était assise au fond de la salle, mais l'animateur la désignait soudain du doigt. Elle s'avançait alors vers l'estrade, et une gigantesque porte se matérialisait devant elle. Elle sonnait, frappait, en vain. Mais, convaincue qu'il s'agissait d'une leçon capitale et qu'elle devait absolument franchir cet obstacle, elle persistait à sonner et frapper, frapper et sonner...

Elle se força enfin à ouvrir les yeux, et la grande salle disparut. Mais pas les coups de sonnette! Eblouie par la lumière qui inondait la pièce, elle regarda son réveil. 14 heures... Que devait-il donc se passer à 14 heures? Peu à peu, la mémoire lui revint. Seigneur! Se pouvait-il que Garrett fût à sa porte?

Bondissant hors du lit, elle enfila une robe de chambre en flanelle par-dessus sa chemise de nuit et dévala l'escalier. Un bref coup d'œil au judas confirma ses craintes: Garrett était bel et bien sur le perron. Nora avait encore fait des siennes!

La sonnette retentit de nouveau. Juste ciel! Elle ne pouvait tout de même pas se présenter à Garrett dans cette tenue! Et si elle lui disait de partir? ou d'attendre dehors, le temps qu'elle s'habille? Non. Ne pas répondre semblait encore la meilleure solution. Il croirait juste qu'elle avait oublié leur rendez-vous. Oui, mais alors... qu'allait-il penser d'elle?

A contrecœur, elle se décida enfin à entrebâiller la porte.

— Emily? s'exclama aussitôt Garrett. Tout va bien?

— Je ne suis pas prête, bredouilla-t-elle.

— Je suis en avance? Nous avions pourtant bien dit 14 heures?

— Oui, je sais... C'est juste que Nora devait vous téléphoner pour vous prévenir que j'étais occupée.

— Vraiment? fit-il en levant un sourcil dubitatif.

— Euh... Laissez-moi juste quelques instants pour me

préparer, répliqua-t-elle, mortifiée de se trouver prise en flagrant délit de mensonge. J'arrive.

Sur ce, elle referma la porte, poussa le verrou et se dirigea vers sa chambre. Mais un nouveau coup de sonnette l'arrêta net.

— Vous ne me laissez pas entrer? s'enquit Garrett quand elle eut de nouveau entrouvert la porte.

— C'est-à-dire que... je ne suis pas habillée.

La mine perplexe, il scruta la portion de robe de chambre qui apparaissait dans l'entrebâillement.

— Enfin, pas pour sortir, reprit-elle avec embarras. J'étais partie pour faire un petit somme, et j'ai dormi plus longtemps que prévu.

— Emily, j'ai passé l'âge d'être choqué par la vue d'une femme en robe de chambre. Si cela ne vous ennuie pas, j'aimerais autant attendre à l'intérieur...

La première impulsion d'Emily fut de refermer la porte à double tour. La première fois qu'Eric l'avait vue dans ce genre de tenue, c'était le soir de leurs noces, et elle ne se souvenait que trop où cela avait mené... Mais, d'un autre côté, elle n'avait pas envie que Garrett la prenne pour une incorrigible pudibonde. D'ailleurs, n'était-elle pas présomptueuse de s'imaginer que le simple fait de la voir en robe de chambre allait le rendre fou de désir?

Elle se décida enfin à ouvrir, non sans rajuster prudemment son col. Puis, quand il entra, elle se recroquevilla tandis qu'il l'examinait des pieds à la tête.

— Je ferais mieux d'aller m'habiller, balbutia-t-elle.

— Vous avez raison, répliqua-t-il, un sourire ironique aux lèvres. Autrement, je ne sais pas si je pourrai conserver mon sang-froid. Je trouve cette flanelle grise particulièrement provocante...

Elle esquissa un mouvement de recul, puis comprit qu'il la taquinait. Seigneur! il devait vraiment la prendre pour une demeurée!

— Je reviens tout de suite, dit-elle. Euh... ne bougez pas.

Puis, montant l'escalier quatre à quatre, elle courut s'enfermer dans sa chambre.

Elle devait avoir perdu l'esprit ! Comment pouvait-elle envisager de passer tout un après-midi avec lui quand le voir trente secondes suffisait à la tournebouler ? D'un autre côté, il semblait plutôt calme. S'il avait voulu la culbuter sur un canapé, lui aurait-il laissé le temps d'aller se changer ?

« Je suis très capable de passer quelques heures avec Garrett McCabe, se mit-elle à psalmodier. Je suis une adulte. Pas une demeurée. Je dois pouvoir garder le contrôle de la situation. »

Elle se mit alors en quête d'une tenue appropriée. Mais rien, dans sa collection de robes sages et faciles à entretenir, ne semblait convenir. Si seulement elle avait eu en réserve une veste un peu sophistiquée, voire un simple chemisier décontracté ! Enfin, au bout de dix minutes de méditations infructueuses, elle jeta son dévolu sur une petite robe chasuble en cotonnade. Mais au lieu de l'assortir avec son habituel chemisier à col Claudine, elle tira un caraco fleuri de son tiroir de sous-vêtements, et défit les boutons du haut de la robe pour le laisser entrevoir. Sortir sans soutien-gorge lui semblait terriblement polisson, mais la finesse des bretelles de la robe et du caraco ne lui laissaient guère d'autre choix... Une paire de socquettes et des tennis en toile vinrent enfin compléter sa tenue.

Elle examina alors son reflet dans le grand miroir de la chambre. Etrange... A certains égards, elle était bien plus dévêtue que tout à l'heure, et pourtant, elle se sentait incomparablement plus habillée. Plus habillée... et même presque sexy ! Elle allait lui montrer, à ce journaliste, qu'elle n'était pas si coincée que ça !

Enfin, elle descendit et retrouva Garrett près de la porte, là où elle l'avait laissé.

— Vous ne vous êtes pas assis? demanda-t-elle, surprise.

— C'est que vous m'aviez dit de ne pas bouger..., répliqua-t-il avec un large sourire.

Voilà qu'il la taquinait encore! Tant pis. S'efforçant de ne pas rougir, elle sourit à son tour.

— Vous êtes ravissante..., reprit-il.

— Oh! J'ai juste mis la première chose qui m'est tombée sous la main, mentit-elle, affectant la plus totale indifférence.

— Vraiment? Eh bien, puisque vous semblez prête, allons-y!

Ils suivirent la route de la côte. L'air était délicieusement tiède, le ciel d'un bleu pur. Emily huma avec bonheur l'odeur de l'océan. Jamais elle n'aurait imaginé se retrouver un jour les cheveux au vent dans une voiture de sport conduite par un aussi séduisant personnage! Fermant les yeux, elle tourna son visage vers le soleil et tenta de se détendre. « Je ne suis pas amoureuse de Garrett McCabe, se répéta-t-elle. Ce n'est pas l'homme qu'il me faut. D'ailleurs, je n'ai pas besoin d'homme pour être heureuse. »

Un frôlement de doigts contre sa joue la fit soudain sursauter. Ils étaient arrêtés à un feu rouge, et Garrett venait d'écarter une mèche de son visage... Ils se dévisagèrent quelques instants, puis le feu passa au vert et Garrett se concentra de nouveau sur la conduite, laissant Emily interloquée et totalement désemparée.

Diable! songea-t-elle. Les incantations du Dr Carlisle ne seraient-elles pas aussi efficaces qu'elle l'avait cru? Au premier petit effleurement, toutes ses bonnes résolutions semblaient s'être évanouies ! Quant à savoir le sens que Garrett accordait à ce geste...

— Vous avez faim ? demanda-t-il soudain.

— Pas vraiment..., répliqua-t-elle, la gorge nouée, avant de se remémorer d'un coup où ils allaient. Oh ! je veux dire, oui ! Je meurs de faim, je n'ai rien mangé de la journée...

Il eut un petit rire.

— Vous répondez toujours ce que vous pensez que les autres ont envie d'entendre ?

— Non ! Enfin, oui, peut-être... Parfois.

Obliquant alors sur la droite, Garrett alla se garer dans le parking du Farmers' Market. Puis il coupa le contact et rabattit la capote de la voiture.

— Vous êtes incurablement polie, n'est-ce pas ? lui dit-il.

— J'essaie juste d'être agréable.

— Vous êtes charmante, mais personne ne vous demande d'être hypocrite. Alors ? Avez-vous faim, oui ou non ? Je peux regarder la vérité en face, vous savez !

— Bon, d'accord, répondit-elle tandis qu'il l'aidait à s'extraire de son siège. Je n'ai pas encore faim. Mais ça va venir !

Le marché occupait une immense portion du Wilshire District. Emily avait lu que, au début des années 30, il se trouvait aux portes de Los Angeles. Les faubourgs avaient toutefois fini par l'absorber, jusqu'à en faire un véritable îlot de campagne au sein de la ville.

D'appétissants effluves de produits laitiers, de fruits, de légumes et de pain frais vinrent chatouiller les narines de la jeune femme. Des stands de cadeaux étaient disséminés parmi les autres commerces, regorgeant de surprenants objets d'artisanat, et de petites gargotes proposaient des spécialités culinaires du monde entier.

Une vague d'excitation s'empara d'Emily. Garrett

avait eu raison de penser que ce marché lui plairait ! Peut-être commençait-il réellement à mieux la comprendre ?

— Quel endroit merveilleux ! s'exclama-t-elle.

— Par où voulez-vous commencer ?

A vrai dire, elle aurait bien commencé par se jeter à son cou pour le remercier ! N'était sa pudeur naturelle... et la vue d'un superbe étalage de fruits de mer, qui ne tarda pas à la distraire de toute autre préoccupation !

Emily craignait d'ordinaire la foule mais, rassurée par la présence de Garrett, elle se sentit d'emblée à l'aise dans ce marché grouillant d'habitués et de touristes, et entreprit bientôt quelques achats comme si elle y avait fait ses courses toute sa vie. De temps à autre, ils s'arrêtaient devant une échoppe de restaurateur pour goûter quelque plat exotique, avant de reprendre leurs explorations. Il y avait longtemps qu'elle ne s'était autant amusée !

L'après-midi passa en un clin d'œil. Mais quand enfin Emily constata que les bras de Garrett ne pourraient plus porter le moindre paquet supplémentaire, elle s'aperçut aussi qu'il avait la mine sinistre d'un homme à qui l'on vient d'arracher une demi-douzaine de dents. Il avait beau faire de son mieux pour masquer sa mauvaise humeur, le shopping n'était de toute évidence pas son activité favorite...

— Peut-être pourrions-nous rentrer, à présent ? suggéra-t-elle, un peu confuse de son égoïsme.

— Déjà ? répliqua-t-il en laissant choir sa cargaison sur un banc. Mais ça fait seulement trois heures que nous sommes là ! Pour une fois que j'avais l'occasion de faire un peu de musculation, conclut-il en envoyant valdinguer d'un coup de pied un poivron tombé d'un des sacs.

Oui, il était clairement perturbé, songea Emily. Pas besoin d'être une experte ès comportements masculins pour s'en rendre compte...

102

— Si cela vous ennuyait tant, pourquoi ne pas l'avoir dit plus tôt? objecta-t-elle. Nous aurions pu partir avant.

— Et rater un tel spectacle? Surtout pas! Avant de vous connaître, je n'aurais jamais cru que la vue d'une tomate puisse susciter un tel enthousiasme! Et puis, si j'avais voulu partir, vous auriez été capable de me frapper avec une de ces monstrueuses courgettes que vous avez achetées!

— A vous entendre, on dirait que je suis une obsédée!

— C'est vous qui l'avez dit, pas moi!

— Les fruits et les légumes jouent un rôle important dans une alimentation équilibrée, reprit Emily sur un ton plus calme. Plus ils sont frais, mieux c'est. Et trouver les meilleurs peut être un sacré défi...

— C'est la ligne officielle du parti? Ça ne me paraît pas très convaincant. Je préfère encore les sandwichs libanais.

— Mais qu'est-ce qui vous prend? s'écria-t-elle, soudain furieuse. C'est vous qui m'avez proposé de venir ici!

— Exact. Je pensais que nous passerions un agréable moment, à bavarder en grignotant quelque chose. Comment aurais-je pu deviner que je me trouverais embarqué dans la quête effrénée de l'aubergine du siècle? Tenez, ça ferait un bon sujet d'article : « Ma journée au Farmers' Market avec Emily Taylor ».

— J'aurais dû m'en douter..., maugréa-t-elle en attrapant deux sacs avant de se diriger résolument vers la voiture.

— Vous douter de quoi? lui cria-t-il tandis qu'il s'efforçait maladroitement de rassembler le reste des paquets.

— Que vous n'avez jamais eu la moindre intention d'essayer de me comprendre, riposta-t-elle en faisant volte-face. Et, bon sang, faites attention, il y a des pêches dans ce sac!

103

— Oh! je comprends parfaitement, rétorqua Garrett. Mais vous n'espériez tout de même pas que ça me réjouisse de servir de faire-valoir à une pile de fruits et légumes?

— C'est ça qui vous met en rage?

— Ce qui me met en rage, c'est d'avoir passé trois heures à faire des courses! J'ai horreur de ça. Comme la plupart des hommes, d'ailleurs. Vous les avez vus, ces malheureux, avec leurs airs de zombies, traînés d'une boutique à l'autre par leurs bonnes femmes hystériques? Tenez, celui-là, là-bas... Et cet autre! Vous ne trouvez pas ça terrifiant?

— Qu'est-ce que vous êtes en train d'essayer de me dire?

— Que nous venons de perdre un après-midi à faire quelque chose qui aurait pris dix minutes dans n'importe quelle supérette, grommela-t-il en fourrant les sacs dans la voiture.

Emily le dévisagea avec perplexité. Puis elle comprit.

— Vous êtes jaloux... C'est ça?

— D'où vous vient cette idée ridicule?

— Mais oui, c'est bien ça! Vous êtes furieux parce que je ne me suis pas assez occupée de vous.

— Moi? Je vous ai amenée ici parce que Parker m'a donné l'ordre de vous faire visiter la ville, un point, c'est tout.

— Je croyais que vous vouliez que nous passions un agréable moment ensemble?

— C'était mon intention initiale. Mais je m'étais fait des illusions. Et maintenant, montez dans cette voiture.

Emily obéit, puis se mit à arranger les sacs sur la banquette arrière.

— Les produits frais doivent être maniés avec délicatesse, expliqua-t-elle. Les chocs les abîment.

— Je veillerai à m'en souvenir quand je reviendrai,

répliqua Garrett en allumant le contact. Ce qui ne devrait pas se produire avant deux ou trois siècles !

Boudeuse, Emily se cala dans son siège. L'après-midi avait pourtant bien commencé... D'accord, elle avait peut-être un peu abusé. Mais quel tordu, ce Garrett ! Pourquoi lui proposer d'aller au marché si ce n'était pas pour faire des courses ? Il avait décidément une furieuse propension à reprocher aux autres ses propres erreurs ! Mais cette fois, elle en avait assez ! Qu'il ne compte pas sur elle pour s'excuser...

Elle ouvrit le sac qu'elle tenait sur ses genoux et se mit à en inspecter le contenu, posant un crabe vivant sur le tableau de bord pour mieux en examiner un autre. Elle sentit le regard réprobateur de Garrett, mais décida de ne pas s'en soucier et prit tout son temps pour ranger ses crabes. Oui, décidément, ce type était bien comme Eric ! Aussi imbuvable et tyrannique !

Dès qu'ils arrivèrent devant la maison, elle sortit en trombe de la voiture et s'efforça d'attraper tous ses sacs.

— Attendez, je vais vous aider, soupira Garrett.

— Ne prenez pas cette peine, riposta-t-elle. Etant donné votre aversion pour les légumes, je m'en voudrais de vous infliger leur présence une seconde de plus.

Mais à cet instant, elle laissa échapper un sac, et une demi-douzaine de tomates roulèrent sur la banquette arrière.

— Ça suffit, Emily ! Ne soyez pas stupide. J'ai dit que j'allais vous aider. Reposez ça, à présent.

Il la rejoignit et lui arracha quelques sacs, qu'elle tenta vainement de reprendre. Puis il partit à grandes enjambées vers la porte de la maison. Alors, dans un mouvement d'exaspération, elle saisit une des tomates restées sur la banquette et la lança dans la direction de Garrett.

Non qu'elle eût réellement l'intention de l'atteindre.

Du reste, elle n'avait jamais su viser! Pourtant, contre toute attente, la tomate heurta sa cible avec un « splash » sonore, éclaboussant la veste et le col du journaliste...

C'était incontestablement une tomate mûre à point!

Garrett stoppa net et se retourna lentement vers Emily, l'air furibond. Affolée, elle se hâta d'attraper une autre tomate, mais elle n'eut pas le temps de la lancer. Garrett lui saisit le poignet avec tant de force qu'elle fut obligée de lâcher son projectile, puis ils restèrent un bon moment à se défier du regard, tendus comme des arcs...

Et c'est alors que l'impensable arriva.

A bout de nerfs, Emily glissa soudain sa main libre autour du cou de Garrett, l'attira vers elle et l'embrassa passionnément, comme elle n'avait jamais embrassé personne de sa vie...

Bientôt cependant, le sentant se remettre peu à peu de sa surprise et réagir à cette étreinte imprévue avec une fougue croissante, elle paniqua, recula et s'enfuit en courant.

C'est seulement après avoir refermé la porte de la villa à double tour qu'elle s'autorisa à se détendre un peu. Toutefois, pour plus de sûreté, elle se rua dans la salle de bains et verrouilla cette porte-là aussi.

Peine perdue... Y eût-il eu un million de portes entre eux, cela n'aurait rien pu changer à sa honte! A sa honte, ni à la force du désir qu'elle éprouvait pour lui...

Aucun homme ne lui avait jamais fait un tel effet!

Seigneur! ses ennuis ne faisaient à l'évidence que commencer!

7.

— « Le car des supporters part à l'aube... »

La voix était à peine audible. Garrett cogna le récepteur de son téléphone contre la table, puis écouta de nouveau.

— Allô ? dit-il.

— « Le car des supporters part à l'aube... », répéta Alvin à voix basse. Donnez-moi la suite du message.

— Enfin, Alv... non, Alex, qui veux-tu que ce soit ? C'est toi qui viens de composer mon numéro !

— Monsieur McCabe, comment puis-je être sûr que c'est vous si vous ne me donnez pas le mot de passe ? Allons : « Les majorettes porteront... »

— Armstrong, debout ! ordonna Garrett.

La tête d'Alvin émergea soudain au-dessus de la cloison du service sportif et Garrett lui fit, de loin, un petit signe de la main. L'air ahuri, Alvin agita la main en retour.

— Tu vois, insista Garrett en reprenant son téléphone, c'est bien moi. Alors ? Qu'y a-t-il ?

— J'ai les informations que vous m'avez demandées, chuchota Alvin. A propos de qui vous savez. Je pense que nous devrions nous rencontrer.

— Eh bien, passe dans mon bureau !

— Non ! Mieux vaudrait un endroit plus discret... Où

vous savez, à minuit tapantes. Je porterai un blouson bleu et une casquette de base-ball.

— Hein ? Tu n'espères tout de même pas que je vais t'attendre jusqu'à minuit ? Disons plutôt 7 heures. Et... Armstrong ?

— Oui, monsieur McCabe ?

— Les majorettes porteront des jupes très courtes.

Garrett raccrocha. Tout ce cirque d'agents secrets n'allait pas tarder à le rendre dingue mais, puisque Alvin restait son seul espoir de percer à jour les intentions de Parker, mieux valait ne pas trop le contrarier... Quoique, à vrai dire, depuis l'épisode de la tomate, il n'était plus très sûr qu'Emily eût besoin d'un chevalier servant !

Il réprima un fou rire. Le soudain accès de pugnacité de la jeune femme l'avait surpris, il devait bien l'admettre. Et quant à son baiser... il avait soudain semblé lui ouvrir de vertigineuses possibilités ! Deux jours plus tard, il ne s'en était pas encore remis... Fallait-il que la timide Emily ait été hors d'elle, pour laisser ainsi libre cours à une telle fougue !

Mais cela ne changeait rien à l'essentiel. Un abîme les séparait. Leur malencontreuse promenade au marché l'avait bien prouvé. La moindre ébauche de liaison avec elle n'aurait pas tardé à le mener tout droit à l'asile...

Il jeta un coup d'œil à sa montre. Plus qu'une heure avant de retrouver Alvin à Bachelor Arms... Après quoi il aurait tout le week-end pour se reposer ! Il comptait bien en profiter pour se livrer à quelques activités de loisir strictement masculines... et se tenir prudemment à l'écart d'Emily !

Lorsque Garrett arriva devant chez lui, Alvin l'attendait sur le perron. Une enveloppe de papier kraft serrée contre sa poitrine, il était en conversation animée avec deux des résidentes de l'immeuble.

La minuscule Natasha Kuryan se tenait à sa droite. Cette ancienne maquilleuse d'origine russe mettait un point d'honneur à savoir tout ce qui se passait à Bachelor Arms ! Et, comme si cela ne suffisait pas, Jill se trouvait à la gauche d'un Alvin manifestement subjugué par ses sourires enjôleurs. Entre mamie Natasha et l'irrésistible Jill, Alvin n'avait aucune chance : ses informations top secrètes auraient aussi bien pu être tatouées sur son front !

— Garrett ! s'exclama joyeusement Natasha. Nous bavardions un peu avec votre jeune ami.

— Natasha, Jill, bonsoir... Que vous racontait donc mon jeune ami ?

— La vie d'un grand reporter sportif ! déclara Natasha avec son mélodieux accent slave.

— Ah oui ? Et de quel reporter s'agit-il ?

— Mais d'Alex, bien sûr ! répliqua Natasha. Quelle brillante réussite pour son âge !

— Oh ? fit Garrett en se tournant vers Alvin. C'est de ta carrière que tu leur parlais ? Je comprends qu'elles aient été impressionnées... Alex.

— Alex nous a aussi beaucoup parlé de toi, intervint Jill avec un sourire malicieux. Et d'Emily Taylor. Je ne vous aurais jamais cru si bons amis, elle et toi.

— C'est vrai, renchérit Alvin. M. McCabe a emmené Mme Taylor au Farmers' Market mercredi dernier, et il a dit que c'était...

— Une visite purement professionnelle, coupa Garrett. Mon patron m'a chargé de lui montrer Los Angeles, et je me borne à suivre ses ordres. Tout comme Alex, d'ailleurs.

— Tss, tss ! Garrett McCabe et Emily Taylor... Quel drôle de couple vous devez former ! commenta Jill.

— C'est bien mon avis, répliqua Garrett.

— Quelle importance ? s'extasia Natasha. S'il est écrit que c'est elle, ce sera elle. Regarde avec quelle prodigieuse rapidité notre Joshua et notre Truman se sont mariés! Des forces supérieures étaient à l'œuvre...

— Eh bien, dans le cas présent, je ne vois aucune trace de forces supérieures à l'œuvre, assura Garrett.

— Non? fit Natasha. Tu n'as pas regardé dans le miroir?

— Certainement pas! répliqua Garrett, exaspéré. Et maintenant, mesdames, si vous voulez bien nous excuser, Alex et moi avons quelques affaires à régler. Allons, Armstrong! Je t'emmène boire un verre chez Flynn.

— C'est vrai? s'écria Alvin. Vous allez m'emmener chez Flynn? Comme un de vos potes?

— Mais oui, il n'y a pas de quoi en faire un plat, soupira Garrett tandis que Alvin lui emboîtait le pas.

En arrivant au bar, Garrett fit un petit signe amical à Eddie. Il repéra une table tranquille, y installa Alvin, puis partit chercher des consommations. A son retour, le stagiaire était toujours cramponné à son enveloppe. Garrett lui tendit un verre de Coca-Cola et s'assit.

— Alors? Qu'as-tu découvert? demanda-t-il.

— Moi, je ne fais que transmettre les documents : je n'ai pas à les analyser, déclara Alvin après avoir avalé son Coca d'un trait.

— Exact, dit Garrett. Donne-moi cette enveloppe.

Alvin la lui tendit à regret, et Garrett en tira une liasse de feuillets qu'il se mit à parcourir en diagonale.

— Ton copain a entendu parler de quelque chose? reprit-il.

— Non. Il a juste vu un document destiné à un des avocats de Parker. Il n'a pas pu le photocopier, mais il y était question du droit d'utiliser le nom d'Emily Taylor, et des causes possibles de résiliation de son contrat de travail.

110

— Tu es sûr qu'il a bien lu? Pourquoi Emily Taylor signerait-elle un contrat de travail avec Parker?

— Qu'est-ce que j'en sais, moi? répliqua Alvin avant de se pencher vers lui d'un air de conspirateur. Dites, monsieur McCabe, c'est rudement malin d'être venus chez Flynn... Comme ça, si quelqu'un du journal nous voit, il croira juste que nous sommes allés boire un coup ensemble! Peut-être qu'on devrait aussi essayer de draguer quelques minettes, comme un vendredi soir normal, pour ne pas éveiller les soupçons...

— Bah! ne t'en fais pas pour ça. Je n'ai jamais vu personne du journal ici, répliqua Garrett avec sérénité.

Un dépit si vif se peignit sur le visage du stagiaire que Garrett ne put s'empêcher de compatir. Mais pas au point de l'aider à « draguer quelques minettes » !

— Bon..., soupira Alvin. De toute façon, il faut que j'y aille. Vous êtes sûr que je n'aurai pas d'ennuis?

— Sûr et certain. Tu as ma parole.

Un peu ragaillardi, Alvin se dirigea vers la sortie et, captivé par quelques beautés généreusement décolletées, faillit renverser deux tables avant de se retrouver dehors. Non sans soulagement, Garrett le vit enfin disparaître, et put se replonger en paix dans ses papiers. Il n'y trouva cependant rien concernant une hypothétique clause de résiliation. Juste quelques projets de vidéo et de programmes télévisés. Pourquoi diable Parker aurait-il voulu se débarrasser d'Emily au moment même où il envisageait de lui faire tourner une série d'émissions? C'était absurde !

Mais soudain, Garrett se figea. « Si elle n'est pas capable de tenir le rôle que nous lui réservons, il suffira que quelqu'un d'autre s'en charge », avait dit Parker. Or, de fait, il était peu probable qu'Emily accepte d'apparaître à la télévision. Parker comptait-il l'éjecter une fois qu'il aurait acquis le droit d'exploiter son nom?

Cependant, Garrett repoussa aussitôt cette idée. Somme toute, Emily posséderait encore un tiers du magazine. Et Nora détiendrait l'autre tiers. A elles deux, elles disposeraient d'un droit de veto sur toutes les propositions de Parker, et pourraient même se débarrasser de lui, le cas échéant...

N'empêche. Mieux valait surveiller cette crapule de Parker. Et donc continuer à fréquenter un peu sa ménagère préférée, histoire de trouver à son patron quelques nouveaux os à ronger sur ses états d'âme... Car au fond, n'était-ce pas sa meilleure chance de préserver sa propre tranquillité ? En effet, si Emily refusait l'offre de Parker et réintégrait ses foyers, il n'aurait plus à affronter la déraisonnable attirance que, depuis le début, il éprouvait en sa présence. Oui. Déjouer les plans de Parker restait le moyen le plus rationnel de se débarrasser de cette ensorceleuse déguisée en fée du logis...

L'espace d'une seconde, il se demanda si Natasha n'avait pas raison. Se pouvait-il qu'une force supérieure fût effectivement à l'œuvre ? Car il avait bel et bien vu le fantôme, même s'il s'était jusqu'ici bien gardé de l'admettre. Ses pires craintes, son rêve le plus fou... Emily Taylor ?

La chasser de son cœur ne serait certes pas facile. Mais il comptait bien s'y appliquer de son mieux !

— J'ai décidé de ne pas suivre ton avis, déclara Emily.

Surprise par la fermeté inhabituelle de sa voix, Nora leva les yeux du banc de reproduction.

— Tu dis ?

— Je dis que j'ai décidé de ne pas suivre ton conseil.

— Sans blague ! Je t'abreuve de conseils avisés depuis la seconde où l'on s'est rencontrées, et je n'ai pas souvenir que tu en aies beaucoup tenu compte ! Alors, lequel as-tu décidé de ne pas suivre, cette fois ?

— Celui qui concerne McCabe.

— Oh ? S'agissait-il de mon conseil d'accroître le champ de ton expérience, ou de celui de te venger ?

— De celui de m'affirmer davantage. Je ne suis pas le genre de femme qui peut se permettre de prendre ce qu'elle veut sans se soucier du reste. Surtout quand il s'agit d'un homme.

— Hum ! Que s'est-il passé, au juste, la dernière fois que tu l'as vu ?

— Je l'ai embrassé.

— Mais c'est merveilleux ! Tu fais des progrès inouïs !

— Oui, mais avant, je l'avais bombardé avec une tomate. Et tout de suite après, je me suis sentie si gênée que j'ai couru m'enfermer dans la maison. Bref, il est clair que nous ne sommes pas faits pour nous fréquenter.

— Tu lui as balancé une tomate ?

— Il le méritait ! Cet abruti m'a emmenée au Farmers' Market et après, il s'est mis en rogne sous prétexte que j'avais passé trop de temps à regarder les légumes !

— Et pas assez à le regarder lui. Tu m'étonnes ! Un homme peut vraiment vous gâcher un bon après-midi de courses, hein ?

— Oui. Il est aussi égocentrique et de mauvaise foi qu'Eric !

— Impossible. Ceux qui ont fabriqué Eric ont dû casser le moule, pour être sûrs de ne pas commettre deux fois la même erreur !

— Alors disons que Garrett lui ressemble beaucoup.

— Ecoute, Emily, si tu es amoureuse de cet homme...

— Mais pas du tout !

— Pourquoi l'as-tu embrassé, alors ?

— Une crise de folie passagère, je suppose. Mais j'ai repris mes esprits, à présent. Et il est grand temps que je me remette au travail... Où sont les crocus ? conclut Emily en fourrageant dans une série de caisses alignées contre le mur.

Certes, elle n'était pas dupe. Garrett n'était pas près de lui sortir de la tête. Mais, cette fois au moins, elle ne se bercerait plus d'illusions! Avec Eric aussi, elle avait espéré vivre une belle histoire d'amour romantique, avec force roses, champagne et baisers langoureux... On ne l'y reprendrait plus!

Mais la voix soucieuse de Becky ramena soudain Emily au présent.

— Madame Taylor? Le livreur est revenu.

— Ah! C'est sûrement le type qui devait apporter les bulbes supplémentaires, intervint Nora. Faites-le entrer, Becky.

— Non, insista la jeune femme à voix basse. C'est le livreur de fleurs de l'autre jour... Il dit que vous l'attendez.

— Garrett McCabe? demanda Emily.

— Mais oui, bien sûr que nous l'attendons! coupa aussitôt Nora. Tu entends ça, Emily? Ce séduisant M. McCabe est de retour! Dites-lui d'entrer, Becky.

— Non! protesta Emily.

— Si, si, faites-le entrer! insista Nora en poussant gentiment Becky vers la porte.

— Qu'est-ce qui te prend? chuchota Emily, furieuse.

— S'il est venu s'excuser, je ne veux pas manquer ça! répliqua Nora.

La porte s'ouvrit alors et Garrett parut, un gros bouquet à la main.

— Regarde, murmura Nora. Il t'a apporté des fleurs! N'est-ce pas romantique?

S'avançant alors vers Emily, Garrett lui tendit le bouquet.

— Jamais deux sans trois..., déclara-t-il. J'espère que la troisième sera la bonne.

— Merci, dit Emily. Est-ce encore M. Parker qui vous envoie?

Garrett parut décontenancé, mais se reprit très vite.

— Non, répondit-il. C'est une idée à moi. Je viens vous proposer de retourner faire un peu de shopping. J'ai l'impression de vous avoir gâché le plaisir, la dernière fois.

— V... vous voulez retourner faire des courses avec moi ? bredouilla Emily, stupéfaite.

— Tout de suite, si ça vous dit. Où aimeriez-vous aller ?

— Mais c'est impossible, je...

— A l'Antique Guild, suggéra vivement Nora. Emily me disait justement l'autre jour qu'elle espérait y dénicher quelques bouteilles pour sa collection... Je suis Nora Griswold, l'associée d'Emily, ajouta-t-elle d'une voix suave. Je n'ai pas encore eu le plaisir de vous être officiellement présentée, mais c'est moi qui ai décapité vos fleurs l'autre jour.

L'air éberlué, Garrett prit la main qu'elle lui tendait.

— Garrett..., commença-t-il.

— McCabe, je sais, coupa Nora. Je vous ai vu sur cette charmante petite photo qu'ils mettent dans le journal à côté de vos chroniques. Et pendant la séance de dédicaces, bien sûr.

Perplexe, Garrett se tourna vers Emily.

— Alors, comme ça, vous collectionnez les bouteilles ? Quel genre de bouteilles ?

Devant sa mine consternée, Emily ne put s'empêcher de sourire.

— Oh ! peu importe, répondit-elle. Des bouteilles anciennes. Quand j'en vois une qui me plaît, je la prends.

— Et à l'Antique Guild, il paraît qu'il y a deux hectares de brocante sous un même toit, insista Nora. Deux hectares, vous imaginez ? Dénicher la bonne bouteille risque de prendre des jours !... Je me charge des dernières prises de vue, Emily. Tu peux partir sans crainte.

Emily se retint de pouffer. Avec Nora, Garrett n'avait pas fini d'en baver !

— Eh bien, dit-elle, dans ce cas, allons-y.

— Je parie que vous allez bien vous amuser, monsieur McCabe, déclara Nora en lui tapotant l'épaule. Au moins autant que moi quand j'ai lu votre article !

— Avec une associée comme ça, pas besoin de chien de garde, commenta Garrett, l'air accablé, dès qu'ils furent sortis.

— Nora exagère parfois, concéda Emily. Mais c'est ma meilleure amie, et je lui dois beaucoup. C'est elle qui a eu l'idée de créer un périodique à partir de mes livres. Et depuis, tout marche comme sur des roulettes !

— Dans ce cas, pourquoi vendre ?

Le col de la chemise de Garrett était entrouvert, et la coupe de son pantalon soulignait un ventre irréprochablement plat. S'apercevant soudain qu'elle le dévorait des yeux, Emily détourna la tête et bafouilla une réponse hâtive.

— Notre éditeur prend sa retraite, expliqua-t-elle. C'est lui qui veut revendre sa part de l'affaire.

Ils firent ensuite quelques pas en silence, puis Garrett la prit par la main et s'immobilisa au milieu du trottoir. Surprise, Emily lui adressa un regard interrogateur, mais sentit soudain son cœur cesser de battre en le voyant se pencher lentement vers elle, comme pour l'embrasser... Non, pas d'erreur, telle était bien son intention ! songea-t-elle en le sentant effleurer ses lèvres avec douceur, sans précipitation, en un baiser tendre et voluptueux, plein de désir maîtrisé...

Après quoi il se redressa et lui adressa un sourire charmeur.

— Eh bien, dit-il, voilà une bonne chose de faite ! Je me sens l'esprit beaucoup plus libre à présent...

— Ça vous encombrait à ce point l'esprit ? demanda-t-elle, encore tout étourdie.

— Mais oui ! Par chance, vous embrasser semble régler le problème... Temporairement du moins. J'espère que vous ne vous formaliserez pas s'il m'arrive de recommencer ?

— Euh... non, j'essaierai de ne pas me formaliser, répondit-elle en se sentant rougir jusqu'à la pointe des oreilles.

— Parfait, conclut-il en l'entraînant vers sa voiture. A propos, il me semblait vous avoir entendue dire chez Parker que vous n'étiez pas sûre de vouloir vendre *At Home*. Vous avez changé d'avis ?

Médusée par l'aisance avec laquelle il arrivait à passer du coq à l'âne, elle évita son regard et s'efforça de se concentrer sur sa question.

— Cela m'ennuie de vendre, dit-elle. Mais, au moins, cela facilitera la tâche à Nora. La pauvre a toujours été obligée de faire des pieds et des mains pour boucler notre budget.

— Et les négociations se passent bien ?

— Oui... Enfin, je crois. C'est Nora qui s'en occupe. Nos avocats sont en train d'étudier les contrats.

— On dirait que l'idée de travailler avec Parker ne vous enthousiasme guère, insista Garrett en ouvrant la portière.

— De travailler pour Parker, vous voulez dire.

— Comment ça, pour lui ?

— Oh ! peu importe. Je me fais sans doute du souci pour rien. Et puis, toutes ces histoires d'argent m'ennuient, je n'ai pas envie d'en parler.

Le fait est qu'elle aurait largement préféré embrasser Garrett... Mais, bien sûr, pas question qu'elle se risque à reprendre l'initiative !

— Vous devriez peut-être vous fier à votre intuition, dit-il.

117

— Pourquoi? Nora et nos avocats sont des spécialistes. Ils en savent bien plus long que moi sur tout ça.

— N'empêche, insista-t-il. Je crois beaucoup à l'intuition. C'est le secret de la réussite des grands hommes et des grandes femmes d'affaires, ajouta-t-il avec un clin d'œil.

— Oh! Je n'ai jamais voulu être une femme d'affaires! Et je préférais de beaucoup l'époque où je rédigeais mes petits bouquins toute seule dans ma cuisine, sur ma vieille machine à écrire. Maintenant, tout devient si compliqué! A commencer par ces problèmes d'image de marque...

— Quels problèmes?

— Eh bien, je crois que M. Parker s'attend à ce qu'Emily Taylor soit très sociable, expansive, à l'aise avec son public.

— Ce n'est pas le cas?

— Hélas, non... J'ai beau faire des efforts, ce n'est vraiment pas dans mon tempérament.

— Et quel est votre tempérament, Emily?

Elle se mit à tripoter nerveusement sa poignée de portière.

— Au cas où vous n'auriez pas remarqué, dit-elle enfin, je suis effroyablement timide...

— Sans blague? Non, je n'avais rien noté de spécial. J'étais persuadé que vous aviez naturellement les joues roses!

— Ne vous moquez pas de moi. Vous savez, c'est dur d'être timide... Quand j'étais petite, ma mère m'avait inscrite à un cours de maintien, espérant que cela me donnerait plus d'assurance. Or ça me terrifiait tellement que je me cachais dans les toilettes pendant toute la séance! Heureusement, elle a fini par comprendre que mon cas était désespéré... Mais je regrette souvent de ne pas être plus courageuse.

— Moi, je vous trouve très bien comme vous êtes, répliqua Garrett en lui passant gentiment la main dans les cheveux.

Puis il fit démarrer la voiture.

Chavirée par ce compliment, Emily s'enfonça dans son siège. Garrett lui avait-il vraiment dit qu'il l'appréciait telle qu'elle était ? Non. C'était impossible. Elle avait dû rêver... Même elle n'avait jamais pu parvenir à s'aimer !

Le soir venu, ils dînèrent sur la plage, d'une série de plats froids qu'Emily avait empilés dans un grand panier d'osier.

Ce repas avait dignement clôturé un après-midi étonnamment agréable, songea Garrett en terminant son dernier verre de vin. Cette recherche de bouteilles à l'Antique Guild s'était révélée bien plus amusante que prévu, et ils avaient passé de longs moments à bavarder de choses et d'autres en flânant dans les allées. En matière d'antiquités, Emily était une véritable encyclopédie ambulante. Elle lui avait fourni une foule d'explications passionnantes et, sur ses conseils avisés, il avait même acquis un superbe jouet mécanique ancien, réplique exacte d'un objet qu'avait possédé son grand-père...

En quittant les lieux, il l'avait invitée à dîner, mais elle avait poliment décliné son offre. Du reste, pendant tout l'après-midi elle avait maintenu une certaine réserve, évitant même souvent son regard... Pourtant, quand ils furent arrivés à Malibu, elle l'avait une fois de plus surpris en l'invitant à pique-niquer. Elle l'avait envoyé en ville chercher une bouteille de vin et, le temps qu'il revienne, un festin de roi l'attendait.

S'il ne l'avait mieux connue, il aurait juré qu'elle avait profité de son absence pour filer chez un traiteur ! Mais en dégustant chacun des plats qu'elle lui avait nommés, il n'avait pas douté une seconde que la recette en figurât dans son dernier livre... Du reste, il avait aussi reconnu nombre des ingrédients qu'elle avait achetés lors de leur après-midi au Farmers' Market. Cette visite n'avait donc pas été un ratage si complet, puisqu'elle lui valait à présent un sublime repas avec une femme délicieuse...

Une question d'Emily interrompit soudain le cours de ses pensées :

— Encore un peu de salade de pommes de terre ?

— Non, merci, répliqua-t-il. Je n'en peux vraiment plus... Mais cette salade était excellente.

— Je l'assaisonne avec de l'huile d'olive, du basilic frais, de la ricotta et du parmesan. Ça change un peu des classiques pommes de terre mayonnaise, vous ne trouvez pas ?

Elle le dévisageait fixement, de ses grands yeux si attirants... Dieu ! qu'elle était belle, tout auréolée de boucles rebelles que le soleil couchant embrasait de reflets fauves ! Se redressant, Garrett rajusta quelques-unes des mèches d'Emily. Puis il laissa un long moment sa main immobile contre la courbe délicate de sa mâchoire.

Comme Emily se maquillait très peu, ses traits n'en paraissaient que plus purs, et plus accessibles ! Du dos de la main, il lui caressa la joue, et fut charmé par la douceur satinée de sa peau... Elle portait encore une robe assez fluide et banale, qui avait néanmoins le mérite de ne pas détourner l'attention de son visage... Un visage dont la beauté fraîche et naturelle avait quelque chose d'irrésistiblement rayonnant ! Du reste, ces vêtements peu révélateurs, indices d'une pudeur de bon aloi, n'étaient pas sans dégager un certain mystère, et ouvraient la voie à de captivantes spéculations...

— Votre travail vous passionne, n'est-ce pas ? lui murmura-t-il enfin.

— C'est vrai. Mais, d'un autre côté, si j'avais fait des

120

études pour devenir ingénieur ou médecin, mon métier me passionnerait peut-être tout autant...

— Et qu'est-ce qui vous a décidée à écrire votre premier livre? s'enquit-il en lui effleurant d'un doigt léger la conque de l'oreille.

Elle s'inclina un peu contre sa main, semblant apprécier cette caresse.

— Ma foi, soupira-t-elle, mon mari venait de me quitter, et il fallait bien que je paye mes factures...

— Votre mari devait être cinglé!

— Pas du tout. Simplement, je ne pouvais pas lui offrir ce qu'il attendait. Il m'a quittée pour une diplômée en gestion de l'université de Princeton. Une femme sophistiquée et élégante, avec qui il pouvait parler de son travail... Enfin, disons que je n'ai pas eu de chance avec les hommes!

— Un seul homme me paraît un échantillonnage un peu restreint pour en tirer des conclusions définitives, chuchota Garrett en lui glissant une main derrière la nuque pour l'attirer vers lui. Qui sait? Peut-être votre chance est-elle en train de tourner?

C'était de la folie, il le savait. Car cette fois, il ne s'agissait plus d'un simple baiser amical, ou destiné à assouvir sa curiosité. Cette envie d'embrasser Emily venait du plus profond de son être, et tout cela était en train de devenir très sérieux... Trop sérieux. Mais elle était si douce, si désirable... Comment résister?

Lentement, il la fit basculer sur la couverture, attentif aux émotions complexes qui se peignaient sur son joli visage: appréhension, doute, désir...

Elle ferma un instant les yeux, puis les rouvrit tout grands, comme si elle venait juste de réaliser ce qui lui arrivait. Alors, en un éclair, elle se redressa et se mit à rassembler fébrilement les restes du repas.

— Vous ai-je dit qu'il y avait du parmesan dans la salade? s'écria-t-elle.

Avec un gémissement de frustration, Garrett se laissa retomber en arrière.

— Emily, je n'ai pas envie de parler de la salade, grommela-t-il.

— Et le poulet? Comment avez-vous trouvé le poulet? balbutia-t-elle.

Mais, ce coup-ci, il se redressa, lui prit le visage entre les deux mains et l'obligea à le regarder.

— Je n'ai pas envie de parler du poulet, non plus, murmura-t-il en approchant lentement ses lèvres des siennes.

— Vous allez encore m'embrasser? demanda-t-elle, l'air éperdu.

— J'y songe très sérieusement.

Alors, retenant son souffle, elle attendit patiemment qu'il s'exécute. Puis elle se remit à respirer.

— A propos de... ce baiser, commença-t-elle d'une voix mal assurée.

— Quel baiser? coupa-t-il avec un sourire. Celui-ci?

Cette fois, sa bouche se fit plus insistante. Emily retint de nouveau son souffle, et il crut bien qu'elle allait s'évanouir, faute d'oxygène. Puis, quand enfin il la relâcha, elle s'éclaircit la gorge, s'efforçant de prendre un air très naturel. Mais il ne fut pas dupe. Son regard, sa respiration, le léger tremblement de ses lèvres, tout en elle trahissait la passion la plus vive...

— Ce baiser de l'autre jour, murmura-t-elle, je voulais vous dire que je regrette. Je ne voulais pas...

— Vous ne vouliez pas?

— Non, fit-elle dans un souffle. Vous comprenez, je ne suis pas quelqu'un d'impulsif. Et je manque terriblement d'expérience pour toutes... ces choses. A vrai dire, vous êtes le seul homme que j'aie jamais embrassé en dehors de mon mari.

— Diable! Il va falloir rattraper le temps perdu.

122

— Non! Ecoutez, j'ai bien réfléchi. J'aimerais mieux que nous restions amis. D'ailleurs, je vais bientôt rentrer à Rhode Island. A quoi bon aller plus loin puisque nous ne nous reverrons pas?

Garrett s'écarta d'elle, perplexe. S'il n'était pas fichu de séduire une femme que personne n'avait embrassée depuis dix ans, c'était qu'il perdait vraiment la main!

— A quoi bon? répéta-t-il.

— Oui, répliqua-t-elle avec nervosité.

— Est-ce réellement ce que vous pensez, Emily?

Avec un embarras manifeste, elle se remit à rassembler les ustensiles encore éparpillés sur la couverture.

— Oui. A mon avis, il serait préférable d'en rester là. Pour nous deux.

— Et si je ne suis pas d'accord?

— Mais vous ne comprenez pas! s'écria-t-elle. Je...

Il l'interrompit en lui posant un doigt sur les lèvres.

— J'ai juste envie de vous embrasser, Emily. Je ne vous demande pas de vous engager pour la vie. Ni de vous engager à quoi que ce soit, d'ailleurs... Vous savez, de nos jours, il est courant que les amis s'embrassent.

— C'est vrai?

— Mais oui, insista-t-il en effleurant de nouveau sa bouche avec douceur.

— Du temps où j'embrassais mon ex-mari, dit-elle en rougissant, il me semble que cela signifiait bien davantage... Mais je suis tellement en retard là-dessus! C'est affreux, personne ne semble s'être donné la peine de mettre noir sur blanc les nouvelles règles de conduite...

— Vous les apprendrez au fur et à mesure, Emily. Et puis parfois, quand il n'y a plus de règles, on doit les inventer soi-même, en fonction de la situation...

Elle le dévisagea avec une pointe de méfiance.

— Et cette histoire d'amis qui s'embrassent tout le temps, ce n'est pas une règle que vous venez d'inventer?

— Prenez-la comme vous voudrez. Mais c'est surtout que je me sens bien avec vous, que j'avais envie de vous remercier pour ce merveilleux dîner, et que je n'ai jamais vu d'aussi jolis yeux que les vôtres...

Ce commentaire arracha à Emily un petit sourire.

— Vous pouvez être un vrai charmeur quand vous voulez, monsieur McCabe !

— Et vous n'avez encore rien vu, madame Taylor..., répliqua-t-il en l'allongeant de nouveau sur la couverture.

Puis il roula résolument sur elle et plaqua ses deux coudes de chaque côté de son buste.

Hésitante, Emily posa ses deux mains sur son torse, comme pour le repousser, puis les laissa doucement glisser sous les pans de sa chemise entrouverte. Fou de désir, Garrett se pressa alors contre elle avec délices... Il se sentait redevenir amoureux comme un collégien !

Ils passèrent ensuite de longs moments à s'embrasser sans hâte, de toutes les manières possibles et imaginables. Mais tout en savourant ces baisers, Garrett sentait bien que cela ne lui suffirait pas. Il avait Emily dans la peau, à présent. Et ce n'était pas d'un simple petit flirt qu'il avait désormais envie. Il voulait plus. Beaucoup plus... Il voulait la rendre folle de désir, la voir se cambrer vers lui avec passion...

Lentement, sans la quitter des yeux, il se redressa et entreprit de défaire le premier bouton de sa robe. Elle se figea, mais ne protesta pas, et il se dépêcha alors de déboutonner les trois suivants. Puis, avec toute la douceur dont il était capable, il glissa une main sous l'étoffe et sentit avec émotion la chair tendre palpiter.

— Les amis font ça aussi ? murmura Emily, frémissante.

— Non... Ça, c'est ce que font les amants, répliqua-t-il en embrassant avec ferveur ses mamelons dressés.

Mais à l'instant où il croyait enfin la faire gémir de plaisir, il la sentit se raidir brusquement.

— N'aie pas peur, Emily, dit-il. J'ai juste très envie de toi...

— Non! fit-elle en le repoussant. C'est impossible.

Puis elle se releva, refermant d'une main le haut de sa robe.

— Attends! s'écria-t-il. Je ne voulais pas dire que...

— Je suis navrée, coupa-t-elle avec un faible sourire, mais je ne peux pas.

Sur ce, elle tourna les talons et courut jusqu'aux marches qui menaient à la villa.

Ce n'est que bien plus tard, quand il eut repris ses esprits, remballé les restes du pique-nique et déposé le panier d'osier sur le perron, que Garrett s'aperçut qu'il avait complètement oublié sa partie de poker du mardi soir chez Flynn. Une première!

Mais c'était aussi la première fois qu'il avait tenu Emily dans ses bras... Or il y avait bien là de quoi faire oublier à un homme son propre nom de famille!

8.

— Le truc liquide, ça marche du tonnerre, déclara Tru.

— Moi, dit Josh, je préfère le truc en cristaux. Ça va beaucoup plus vite.

— Mais ça bousille les tuyaux, non ? fit observer Tru.

En retard comme à l'accoutumée, Garrett attrapa une chaise et, perplexe quant au sujet de la brillante conversation en cours, s'assit à la table de poker où ses camarades étaient déjà installés.

— De quoi est-il question ? s'enquit-il.

— De déboucheur de canalisations, répondit Tru en lui tendant le paquet de cartes à couper.

— De déboucheur ? répéta Garrett. Et peut-on savoir ce qui motive cette passionnante discussion ?

— On passe en revue les produits d'entretien, expliqua Eddie. On a déjà abordé les produits cirants pour meubles, le liquide vaisselle et, la semaine dernière, les shampooings pour sols et la poudre à récurer. Au fait, où étais-tu passé ce jour-là ?

— J'ai eu un empêchement... Une réunion de travail.

Il n'allait tout de même pas se vanter d'avoir passé la soirée avec Emily ! Surtout vu la manière dont il avait mis Tru et Josh en boîte le jour de la séance de dédicaces...

— Tru préfère le liquide vaisselle avec adoucissant

pour les mains incorporé, intervint Bob, qui faisait généralement le cinquième. Mais Josh dit que ça laisse un film gras sur les verres. Qu'est-ce que tu emploies, McCabe ?

— Moi ? Qu'est-ce que j'en sais..., grommela Garrett en lui lançant un regard de travers.

— Quoi, tu ne laves jamais la vaisselle ? s'étonna Josh.

— Non. Quand les plats sont sales, je les jette. On ne pourrait pas changer de sujet ?

— Ta solution ne paraît pas très économique, insista Josh. Au prix où est la vaisselle !

— McCabe se sert d'assiettes en carton, expliqua Tru. Je faisais pareil avant d'épouser Caroline mais, maintenant, je ne recommencerais pour rien au monde. Ces assiettes jetables se détrempent trop vite et, quand on mange debout, la nourriture a toujours tendance à glisser... Tu sais, McCabe, tu devrais vraiment investir dans un service de table.

— Pour passer ma vie à le laver ? Non merci. Et, de toute façon, mes assiettes sont en polystyrène, pas en carton.

— C'est encore pire pour l'environnement, fit observer Eddie.

— En plus, elles fondent au micro-ondes, ajouta Bob.

— Et elles sont beaucoup plus chères que celles en carton, conclut Josh. Un service en grès serait décidément plus rentable. Taryn et moi en avions un sur notre liste de mariage.

— C'est quoi, cette histoire de liste ? questionna Garrett.

— Un des grands avantages du mariage, déclara Tru. Tu vas dans un grand magasin, tu notes ce qui te plaît, et une dame entre tout ça dans un ordinateur. Après quoi tes amis n'ont plus qu'à téléphoner pour choisir quelque chose dans la liste. Comme ça, tu es sûr qu'on t'offre des trucs utiles.

128

— Passe-moi trois cartes..., dit Garrett. Pourquoi ne m'en avez-vous pas parlé plus tôt ? Ça m'aurait évité de me creuser la tête pour vous trouver des cadeaux. Il suffisait d'inscrire le numéro de téléphone sur les faire-part.

— Mais non, intervint Josh, c'est ça le truc avec les listes : on est censé ne le dire à personne. Ce sont les invités qui doivent demander s'il y en a une.

— Un genre de société secrète, quoi, commenta Garrett.

— Ça n'a rien de secret, répliqua Bob, tout le monde sait ça. Tu n'as qu'à t'acheter un livre de savoir-vivre... Juste une carte, Tru, s'il te plaît.

— J'aime encore mieux ne pas savoir, bougonna Garrett. Quoique... ça me ferait un bon sujet pour ma prochaine chronique. J'avais prévu de disserter sur les draps à fleurs, mais la liste de mariage me paraît encore plus dingue !

— Qu'est-ce que tu as contre les draps à fleurs ? demanda Josh.

— Eh bien, c'est typiquement le genre de détails qui permet de voir si une femme a réussi à déviriliser un homme. Elle le fait dormir dans des draps à fleurs, et le pire, c'est que ça ne le chiffonne même plus. Allez, faisons un petit sondage : combien d'entre vous dorment dans des draps à fleurs ?

Eddie, Josh et Tru échangèrent des regards penauds.

« Déjà tous des lavettes ! » songea Garrett, consterné.

— Hé ! Tu as entendu l'émission *L.A. Live* à la radio, hier soir ? s'exclama Eddie, changeant prudemment de sujet. Ils parlaient de toi et d'Emily Taylor. Tes lecteurs contre les siens : les adeptes du vol-au-vent contre ceux du corned-beef. Une sacrée foire d'empoigne... Trois cartes.

— Si seulement je n'avais jamais écrit cet article ! maugréa Garrett.

— Pourquoi ? dit Tru. Ça te fait une pub d'enfer !

— Une pub qui pourrait bien me coûter ma carrière au *Post*.

— C'est vrai que ton patron est en pourparlers avec Emily Taylor pour racheter son magazine ? intervint Josh.

— Oui. Et à présent, je me retrouve au beau milieu de la bagarre. Je m'estimerai heureux si j'en sors vivant.

— Où est le problème ? demanda Tru.

— Parker m'a incorporé dans ses troupes de choc. Il veut que je persuade Emily Taylor d'accepter sa proposition. Par tous les moyens et à n'importe quel prix.

— Ça paraît plutôt louche, commenta Eddie.

— C'est du Parker tout craché, oui ! Je n'ose pas prévenir Emily que ce type est dénué de scrupules, mais j'espère qu'elle s'en rendra compte toute seule avant de signer.

— Et si elle ne s'aperçoit de rien ? s'enquit Tru.

— Ne parle pas de malheur... Enfin, de toute façon, elle n'a pas l'air très chaude pour vendre. Parker voudrait monter toute une campagne de publicité autour d'elle, mais elle tient à son anonymat.

— Parker le sait ? demanda Josh en mettant un jeton dans le pot.

— Bien sûr. Je l'ai prévenu.

— Alors peut-être qu'il s'en fiche.

— Et sinon ? questionna Garrett. Est-ce qu'il pourrait l'évincer ? Même en ne détenant qu'un tiers du magazine ?

— Tout dépend de ce qu'il achète, répliqua Josh en méditant un moment sur ses cartes avant de surenchérir. Mais bien sûr, c'est surtout le nom d'Emily Taylor qui vaut une fortune.

— Comment ça ?

— Eh bien, j'ai vu pas mal de contrats de ce style, avec des athlètes ou des personnalités du monde du spectacle. Les clauses peuvent varier mais, fondamentalement, c'est leur nom qu'ils vendent. Parker s'est sans doute réservé la possibilité d'utiliser le nom d'Emily Taylor à des fins promotionnelles.

— Et alors ? Il aura le droit de la mentionner dans quelques publicités. Où est le problème ?

— Il ne s'agit pas seulement d'annonces publicitaires. Il y a aussi les droits dérivés : les émissions de télé, les vidéos, et la vente d'une foule de produits, comme des vêtements, des ustensiles de cuisine, que sais-je ? A vrai dire, c'est la vente du magazine qui rapportera le moins. Et même si Parker ne touche qu'un tiers des bénéfices, il peut encore gagner un joli paquet en exploitant le label « Emily Taylor », pour peu qu'elle l'y autorise.

— Et s'il a une majorité de contrôle sur *At Home* ?

— A plus forte raison. Mais, de toute manière, s'il veut se débarrasser d'elle, il finira bien par trouver un moyen. Surtout si elle se montre peu coopérative.

— Voyons, un problème de ce type ne peut pas échapper à ses avocats je suppose ?

— S'ils sont malins et s'ils savent lire entre les lignes, répliqua Josh. Mais Parker n'est pas arrivé là où il en est sans avoir appris à jongler avec ce genre de subtilités... Ce serait quand même plus simple que tu la préviennes.

— Bah ! je parie qu'elle refusera de signer, dit Garrett. Après quoi je verrai bien si je dois me chercher un autre employeur !

— Et si elle signe ? demanda Tru.

— Alors, j'aviserai... Mais, en tout cas, je te jure que je ne laisserai pas ce salaud de Parker la dépouiller impunément !

Tru lui lança un coup d'œil surpris.

— Qu'est-ce que ça peut te faire ?

— Que veux-tu, c'est plus fort que moi. C'est le genre de femme qui vous donne envie de la protéger.

— Comme une petite sœur?

Garrett fronça les sourcils. Il n'avait certes jamais songé à Emily comme à une sœur... Depuis leur pique-nique sur la plage, ils ne s'étaient pratiquement pas quittés d'une semelle. De séances de lèche-vitrines en matchs de base-ball, ils avaient passé toutes leurs journées et leurs soirées ensemble. Hélas, malgré le surprenant degré d'intimité qu'ils avaient atteint, leurs adieux s'étaient chaque fois bornés à un chaste baiser sur le seuil de la porte... Emily semblait avoir choisi de faire l'impasse sur ce qui s'était passé sur la plage. Comme s'il suffisait d'ignorer le désir qui les taraudait pour que celui-ci disparaisse! Mais bien sûr, s'ils avaient fait l'amour ce soir-là, les choses se seraient sérieusement compliquées...

— Eh bien, McCabe? Que ressens-tu pour elle, au juste? insista Tru.

— Pas la même chose que pour mes sœurs, en tout cas, répliqua enfin Garrett.

— Hum! Ça devient sérieux, on dirait...

Garrett secoua la tête.

— Non, pas au sens où tu l'entends. D'abord, Emily n'est pas mon genre. Elle est née pour faire le bonheur d'un mari, or le mariage ne m'intéresse pas. C.Q.F.D.

— De toute façon, ça reviendrait à donner de la confiture aux cochons, soupira Tru. Tu serais incapable de l'apprécier à sa juste valeur.

— Pas du tout! Je l'apprécie davantage chaque jour... Tu sais qu'elle m'a offert une plante verte pour mon appartement?

— Une plante verte? Doux Jésus! Tu es sûr de pouvoir assumer une aussi lourde responsabilité?

— Contrairement à l'opinion générale, je ne suis pas un parfait irresponsable, riposta Garrett, agacé. J'aime bien cette plante. Je l'arrose tous les jours. Elle rend ma maison... plus accueillante. D'ailleurs, Emily m'a aussi offert des jonquilles pour mon bureau. C'est très gai.

— Tu devrais l'épouser, intervint abruptement Josh.

Garrett éclata de rire.

— Mais je n'en ai pas envie !

— Et pourquoi donc ? répliqua Josh sans se laisser démonter.

Garrett ouvrit la bouche, puis la referma, ne trouvant rien à répondre. A la réflexion, il ne voyait certes aucune raison de ne pas souhaiter épouser Emily ! Elle était charmante, bourrée de qualités, et il se voyait très bien vivre avec elle... Naturellement, c'eût été tout à fait déraisonnable à de nombreux égards. Mais depuis quand était-il raisonnable ?

Embarrassé, il se passa une main dans les cheveux, puis releva la tête. Diable ! Ses quatre amis le dévisageaient avec une insistance qui ne lui disait rien qui vaille...

— Et si on se concentrait un peu sur cette partie, les gars ? s'exclama-t-il en ramassant les cartes pour les battre. Alors, Eddie, c'est quoi ta marque de liquide vaisselle ?

Assis à sa table, Garrett sursauta : quelqu'un venait de lancer un sac en papier dans son box. Il eut ensuite le plaisir d'entendre la voix d'Emily, de l'autre côté de la cloison.

— Je sais que la pancarte dit de ne pas nourrir le chroniqueur, mais j'ai besoin d'un cobaye pour tester une nouvelle recette de sablés, expliqua-t-elle.

— Vous tombez bien ! fit-il en se retournant avec un large sourire. Je n'ai pas encore eu le temps de déjeuner.

Il allait inspecter le contenu du sac quand elle le lui reprit avec une mine espiègle.

— On ne déjeune pas de sablés, voyons. C'est pour le dessert.

— Oh, oh! Où m'emmenez-vous déjeuner, alors?

— Hélas, je ne peux pas déjeuner avec vous, répliqua-t-elle avec une grimace. Nora et moi avons rendez-vous avec Parker dans vingt minutes.

— Mais ça suffit amplement pour déjeuner!

— Ça m'étonnerait. Où peut-on espérer manger de façon convenable et équilibrée en si peu de temps?

— Vous allez voir! Aujourd'hui c'est moi qui vous initie à mon genre de cuisine...

— Dans ce cas, j'emporte mes sablés, riposta-t-elle. Ça me paraît plus prudent!

Garrett l'entraîna vers la sortie, puis la conduisit jusqu'au stand multicolore d'un vendeur de tacos.

— La nourriture mexicaine est horriblement grasse, protesta Emily.

— C'est ce qui fait son charme! rétorqua Garrett. Profitez un peu des bonnes choses de la vie, Emily.

— Vous feriez mieux de manger des légumes et des fruits à midi...

— Il y a des haricots dans les tortillas! Ce sont bien des légumes, non?

— Non, techniquement, ce sont des légumineuses. Ce qui n'est pas tout à fait la même chose...

— Et la farine des galettes? Si ce n'est pas végétal, ça!

— A ce train-là, vous allez bientôt me dire que le pain est un légume!

— Bon, je mettrai un peu de sauce piquante. Au moins, je suis sûr que ça, c'est plein de légumes.

Emily secoua la tête en riant.

— Il vous reste beaucoup à apprendre sur la nutrition, Garrett.

— Alors, donnez-moi des cours... Mais à partir de demain!

Garrett fit les commandes puis, portant leurs boissons

et leurs tortillas sur des plateaux de plastique, ils allèrent s'asseoir à une table en plein air.

— Allons, Emily, un petit effort, la taquina-t-il en la voyant observer sa tortilla d'un air écœuré. Goûtez, au moins !

Elle obéit sans conviction : en matière de cuisine, Emily préférait de toute évidence ses propres recettes... Du reste, Garrett ne pouvait lui donner tout à fait tort !

— C'est délicieux, déclara-t-elle enfin d'un ton ironique.

— Ne me dites pas que vous n'aviez encore jamais mangé dans un fast-food !

— Juste une fois. Nora m'avait emmenée à un comptoir de vente à l'extérieur, et nous avons mangé dans sa voiture, à 110 km à l'heure. J'ai trouvé l'idée fascinante, mais la nourriture exécrable.

— Avouez tout de même que c'est instructif d'essayer des nouveautés de temps en temps...

Emily eut un petit rire.

— Avec vous, j'ai découvert plus de nouveautés en un mois qu'au cours de mes quinze dernières années !

— Et ce n'est pas fini, Emily, je vous le promets...

Leurs regards se croisèrent, et la jeune femme rougit.

— Il vaut mieux que j'y aille, déclara-t-elle en se levant soudain. Sans quoi je vais être en retard à ma réunion.

Garrett la suivit, sa canette de soda à la main.

— Qu'avez-vous donc de si important à dire à Parker ? demanda-t-il.

— C'est aujourd'hui que nous examinons son offre finale. Tous les avocats seront là pour dissiper mes derniers doutes.

— Vous comptez signer ?

— Oui, soupira-t-elle. La décision a été dure à prendre, mais je pense que je vais vendre *At Home*.

— Mais il ne s'agit pas vraiment de vendre, juste de remplacer un associé par un autre...

— Pas tout à fait, répliqua-t-elle.

Garrett fronça les sourcils, son déjeuner soudain sur l'estomac.

— Comment ça, pas tout à fait?

— Je n'ai pas le droit de vous en dire plus, Garrett. Ces accords sont strictement confidentiels... Tenez, fit-elle en ouvrant le sac qu'elle avait emporté. Goûtez-moi plutôt un de ces sablés aux framboises. Je n'en suis pas mécontente...

Garrett engloutit le gâteau qu'elle lui tendait, puis s'arrêta devant l'immeuble du *Post*.

— Il faut que nous discutions de ce contrat, Emily.

— Mais je ne peux pas! J'ai une réunion!

— Eh bien, vous serez en retard. C'est vous la propriétaire du magazine. Ils ne risquent pas de commencer sans vous.

— Dites-moi plutôt ce que vous pensez de mes sablés...

— Emily, je n'ai pas envie de parler de ces maudits sablés!

— Ils ne sont pas maudits, riposta-t-elle, l'air buté. Et je n'ai pas le droit de parler du contrat. Dixit Nora.

— Je me fiche de Nora! Dites-moi la vérité. Je croyais que vous n'alliez vendre à Parker qu'un tiers du magazine.

Elle le dévisagea, visiblement troublée par ce soudain intérêt pour les négociations en cours.

— Parker tient à être l'actionnaire majoritaire, expliqua-t-elle enfin. Nora et moi détiendrons chacune vingt-quatre et demi pour cent de l'affaire.

— Seigneur! Ne me dites pas que vous allez signer aujourd'hui?

— Non. La semaine prochaine. Mais qu'est-ce que ça change?

— Ça change que, si j'étais vous, je réfléchirais bien avant de conclure cette affaire, dit-il avec un sourire forcé.

— J'ai déjà réfléchi. Et ça me paraît vraiment la meilleure solution. *At Home* est en train de prendre trop d'ampleur. Nora et moi n'avons pas les reins assez solides.

— Enfin, Emily, vous savez bien que Parker veut faire de vous une vedette ! Et si vous refusez, il vous le fera payer cher...

— Parker ou un autre, quelle différence ? Un jour ou l'autre, il faudra bien que j'apprenne à affronter mes fans... Et puis, je pense que j'en suis capable, à présent. Au fond, c'est juste une question d'habitude.

— Non, Emily. Je ne crois pas que vous puissiez y arriver.

— V... vous ne croyez pas ? bredouilla-t-elle, l'air soudain désemparé.

Garrett soupira. En ce qui le concernait, Emily pouvait bien faire ce qui lui chantait. Mais quel plaisir éprouverait-elle à jouer un rôle si éloigné de ses aspirations profondes ?

— C'est vous-même qui m'avez dit que l'Emily Taylor dont Parker rêve n'est pas vous.

— Eh bien, peut-être ai-je changé d'avis ?

— C'est votre droit le plus strict. Mais pouvez-vous aussi changer ce que vous êtes ?

— Merci pour vos encouragements...

— Emily, fit-il en lui caressant la joue, promettez-moi juste de ne rien signer avant que nous ayons eu le temps d'en discuter. D'accord ?

— Je suis une grande fille, Garrett. Je n'ai pas de comptes à vous rendre.

— Mais je ne vous demande pas de me rendre des comptes, protesta-t-il en l'enlaçant. Je me fais juste du souci pour vous. Parce que je tiens à vous...

Il l'embrassa alors, mais elle resta de marbre.

— Si vous tenez tellement à moi, répliqua-t-elle sèchement, cessez de passer du coq à l'âne. Et arrêtez de me donner des ordres !

— Voyons, je ne vous donne pas d'ordres...

— Si ! Vous me croyez incapable de me débrouiller toute seule, et vous vous figurez pouvoir détourner mon attention en m'embrassant. Mais j'ai bien l'intention de régler mes affaires moi-même, que ça vous plaise ou non. Et maintenant, laissez-moi, conclut-elle en se dirigeant résolument vers l'entrée.

— Emily !

— Quoi ? fit-elle en se retournant.

— Emily, je vous aime telle que vous êtes. Essayez juste de vous souvenir de ça...

Mais, contre toute attente, l'expression de la jeune femme se durcit.

— C'est exactement ce que mon mari avait coutume de me dire, répliqua-t-elle.

— Bon sang, je ne suis pas votre ex ! Faites-moi un peu confiance, Emily, pour l'amour du ciel !

Elle le dévisagea longuement, le regard hésitant et plein de défiance. Il aurait tant voulu la prendre dans ses bras pour la rassurer, la consoler... Mais, pour l'heure, Emily ne voulait clairement pas de sa protection.

— Ecoutez, reparlons-en ce soir, reprit-il plus calmement. Je passerai vous chercher à Malibu à 18 heures. Prenez une copie du contrat, nous la regarderons ensemble pendant le dîner.

— Ce soir, c'est impossible. J'ai prévu de dîner avec Nora.

— Il faut que nous discutions de ce contrat, Emily. Si ce n'est pas ce soir, ce sera demain...

— Très bien, va pour demain.

Alors, après un bref signe de tête, elle tourna les talons et s'engouffra dans le bâtiment.

Garrett ravala un juron. Dans quel pétrin s'était-il fourré ? Si Emily révélait à Parker ne serait-ce que le quart de cette conversation, il allait se retrouver à la porte avant même que la prochaine édition soit sous presse !

Mais au fond, quelle importance ? Puisqu'un journal de Boston lui faisait des propositions depuis plus d'un an... Oui. Peut-être était-ce la meilleure solution. Démissionner avant que Parker le vire. Il aurait au moins la satisfaction d'envoyer paître cette ordure ! Et Boston était bien plus près de Rhode Island que la Californie...

Il s'arrêta net, suffoqué qu'une telle idée ait pu lui traverser l'esprit. Envisageait-il vraiment d'organiser son avenir en fonction d'Emily ? Lui qui n'avait jamais pu imaginer passer toute sa vie avec la même femme ?

Troublé, il attrapa les clés de sa voiture. Un petit tour l'aiderait sûrement à y voir plus clair... Ou peut-être une bière chez Flynn ? Mais, le temps de faire démarrer sa Mustang, une meilleure idée lui était venue. Au prix de quelques accrocs aux limitations de vitesse, il gagna Bachelor Arms en un temps record. Puis, après s'être garé, il se précipita dans l'immeuble.

La porte de l'appartement 1-G était grande ouverte. Apparemment, il était encore inoccupé. Garrett entra et se dirigea droit vers le miroir où il avait vu l'apparition. Car c'était bien à partir de ce jour-là que ses ennuis avaient commencé ! qu'il avait rencontré Emily, écrit son article...

Il scruta longtemps son propre reflet. En vain. Alors, fermant les yeux, il tenta de se remémorer son étrange vision : la robe blanche de la jeune femme, ses cheveux noirs, son sourire énigmatique...

— Allons, ma biche, montre-toi ! Prouve-moi que je n'ai pas rêvé, supplia-t-il en laissant courir ses doigts le long du cadre ouvragé.

Mais un petit toussotement le ramena soudain à la réalité.

— Qu'est-ce que vous fichez là, McCabe?

C'était la voix du gardien de l'immeuble. Garrett se retourna. Planté au milieu du salon, l'homme le dévisageait d'un air méfiant.

— Rien, monsieur Amberson. Je jetais juste un coup d'œil à l'appartement. Je croyais que vous aviez trouvé un nouveau locataire...

— Personne ne vit ici depuis le départ de votre copain Hallihan, répliqua sèchement le gardien.

— Oh! Et... savez-vous d'où vient ce miroir? Il était là quand Tru a emménagé. A qui appartient-il?

— A l'appartement.

— Mais qui l'a laissé là? insista Garrett.

— Qu'est-ce que ça peut vous faire?

— Rien... Rien du tout. Simple curiosité.

Garrett aurait pourtant juré qu'Amberson était à l'origine des histoires qui se colportaient à propos de ce fameux miroir! En tout cas, pour l'heure, il ne semblait guère d'humeur à s'étendre sur ce sujet. Mieux valait donc battre en retraite...

Alors, Garrett sortit. Mais au moment où il se retournait dans le couloir pour jeter un dernier coup d'œil à la glace, la porte de l'appartement se referma en grinçant.

« Décidément, drôle d'endroit! » songea-t-il en réprimant un frisson. Puis il regarda sa montre. La réunion d'Emily était encore loin d'être terminée... En attendant d'apprendre s'il était viré ou non, autant aller boire un coup chez Flynn!

Emily tenta de s'imaginer dans la tenue qu'elle admirait depuis cinq minutes dans une vitrine de Melrose Avenue. Il s'agissait d'une petite robe noire sans manches, au décolleté plongeant, dont l'ourlet semblait plus proche de la taille que du genou. Elle n'avait pas dû coûter cher en tissu!

— Achète-la donc, si elle te plaît, suggéra Nora.

— Ce n'est pas vraiment mon style ! répliqua Emily en riant.

— Justement, ça te changerait de tes éternelles fleurettes ! Entre l'essayer, au moins...

— Inutile, décréta Emily en passant à la boutique suivante. Il faudrait que j'aie une taille de guêpe pour supporter de me voir là-dedans !

En sortant de leur réunion avec Parker, Nora et elle avaient décidé d'aller faire quelques emplettes. Après trois heures de discussions juridiques et financières assommantes, Emily estimait avoir bien mérité un moment de détente !

— Et d'abord, pourquoi veux-tu une nouvelle robe ? s'enquit Nora. Tu as un rendez-vous galant ?

— Pas précisément. Mais puisque nous allons bientôt repartir, je pensais inviter Garrett à dîner demain soir, pour le remercier de m'avoir fait visiter la ville.

— Ça n'a pas l'air de t'exalter.

— Quoi ? De dîner avec lui ?

— Non. De rentrer à Rhode Island.

— Bien sûr que si, mentit Emily. J'ai hâte de retrouver mon jardin et ma maison.

— Tu sais, tu pourrais très bien t'installer ici, insista Nora. Tu aurais des fleurs toute l'année, nous serions plus près du siège des Publications Parker, et tu serais plus près de McCabe aussi...

— Nora, Garrett est un ami, c'est tout. Les choses sont très claires entre nous.

— Dans ce cas, pourquoi fais-tu cette petite mine ?

— Garrett et moi nous sommes un peu disputés tout à l'heure, expliqua Emily avec un gros soupir. Je ne sais plus trop comment ça a commencé, mais ça m'a rappelé ces horribles conversations à sens unique que j'avais avec Eric.

— Et dire que je commençais à le trouver sympathique...

— Il l'est. D'ailleurs, je suis sûre que tout va s'arranger. C'était un peu pénible sur le moment, voilà tout.

— Quelle sérénité ! Je ne te reconnais plus, Emily. On dirait que tu maîtrises parfaitement toute cette histoire...

— J'ai beaucoup changé ces jours-ci, tu sais. J'ai davantage confiance en moi. Et je me sens prête à affronter mes problèmes... Mais Garrett s'imagine que j'ai encore besoin d'être protégée comme une gamine !

— Bah ! si un gars dans son genre voulait me protéger, personnellement, je ne m'en plaindrais pas...

— Mais je n'ai plus envie d'être traitée comme une pauvre petite femme sans défense ! Garrett a décidé que je ne devais pas signer ce contrat avant de le lui montrer. Qu'est-ce qu'il croit pouvoir y trouver que nos avocats n'auraient pas vu ?

— C'est peut-être une simple question d'amour-propre ?

— Non. Pas cette fois. J'ai plutôt l'impression qu'il me cache quelque chose.

— Tu tiens à lui, n'est-ce pas ?

— Eh bien... c'est la première fois que j'ai le sentiment de pouvoir être moi-même avec un homme... D'ailleurs, c'est pour ça que j'envisage de passer une nuit avec lui, enchaîna Emily à toute allure.

— Quoi ? fit Nora, sidérée. Répète, j'ai dû entendre des voix !

— Rien... J'étais juste en train de te dire que j'aimerais faire l'amour avec lui.

— Enfin, qu'est-ce qui te prend, tout à coup ?

— Je te l'ai déjà expliqué, je me sens bien avec lui... Et puis, je ne supporte pas l'idée que je pourrais mourir sans avoir connu d'autre homme qu'Eric.

— Ça, je te comprends... mais tout de même !

— Voyons, Nora, depuis le temps que tu m'incites à me décoincer, tu devrais être contente que je suive tes conseils !

— Je pensais plutôt à un petit stage ou deux...

— Que je sache, il n'y a pas de stages théoriques dans ce domaine.

— Bon, soit ! déclara Nora en l'entraînant dans la cafétéria la plus proche. Comment vas-tu t'y prendre ?

— A vrai dire, je comptais un peu sur toi pour m'aider...

— Moi ? Tu veux rire ? Au cas où tu n'aurais pas remarqué, les soupirants ne se précipitent pas à ma porte !

— Mais tu as été mariée, insista Emily.

— Toi aussi, il me semble.

— Oui, mais moi, je n'ai jamais essayé de séduire mon mari. Te connaissant, tu as bien dû prendre l'initiative de temps en temps... Comment faisais-tu ?

— Ma foi, il m'arrivait souvent de...

Nora prit une mine rêveuse, puis se ressaisit brusquement.

— Non, reprit-elle. Raconte-moi plutôt ce que toi, tu comptais faire, et je te dirai ce que j'en pense.

— Eh bien, j'avais prévu de lui préparer un dîner romantique, chez lui. Comme il a une réunion au *Post* en fin d'après-midi, ça devrait me laisser le temps de terminer avant qu'il rentre.

— Pourquoi pas... Et ensuite ?

— On mangerait.

— D'accord. Et après ?

— Après, c'est bien le problème. Je pensais apporter une bouteille de vin. Quelques verres pourraient peut-être... faciliter les choses ?

— Ce n'est pas très original, mais ce peut être un bon début.

— Un bon début ! Mais qu'est-ce qui manque ?

— Eh bien, que vas-tu lui dire ?

— Pourquoi ? Je dois lui dire quelque chose ? Avec Eric, on ne se disait rien, tu sais, ça se passait juste comme ça...

— Peut-être, mais Garrett, lui, risque de se poser des questions s'il te voit tout à coup lui sauter dessus pour lui arracher ses vêtements.

— Oh ? fit Emily en rougissant. Je n'envisageais pas vraiment les choses comme ça. Je pensais plutôt qu'il saisirait la balle au bond et que... enfin, il s'occuperait de la suite.

— Possible. Mais s'il ne saisit pas la balle au bond ?

— Tu crois ? Ma mère m'a toujours dit que les hommes n'attendent que ça.

— Les abrutis comme Eric, oui. Mais Garrett n'est pas stupide. Il va sans doute y réfléchir à deux fois. Se demander si tu en as réellement autant envie que lui...

— Mais qu'est-ce que ça peut lui faire ?

— Voyons, Emily ! De nos jours, la plupart des hommes mettent un point d'honneur à ce que leur partenaire prenne autant de plaisir qu'eux !

— Et... si je n'y arrive pas ?

— Bah ! Ces choses-là, c'est comme le vélo. Une fois qu'on a appris, ça revient vite.

— Oui, mais quand on n'a jamais appris ?

— Enfin, tu as été mariée, tout de même ! Tu as bien dû faire l'amour avec ton mari de temps en temps. Ne me dis pas que...

Nora s'interrompit soudain, bouche bée.

— Tu veux dire que tu n'as jamais eu d'orgasme avec ton mari ? reprit-elle.

— C'est gênant ? Tu crois qu'il va s'en rendre compte ? C'est que je ne voudrais pas passer pour une oie blanche. Je devrais peut-être potasser quelques bouquins sur la question ?

144

— Emily, déclara Nora avec le plus grand calme, et si tu laissais faire la nature? Il n'y a pas de recettes pour ces choses-là. Ce qui se passera entre Garrett et toi sera spécial, unique... Cesse donc de t'inquiéter pour ça.

— Alors, tu ne crois pas que je suis en train de commettre une erreur?

— Bien sûr que non. Il faut parfois savoir écouter son cœur, même si ça ne semble pas très rationnel. Et maintenant, as-tu songé à l'aspect pratique des choses?

— Comment ça?

— Eh bien, les préservatifs, voyons.

— Mais... ce n'est pas à l'homme de s'en occuper?

Nora éclata de rire.

— Mon Dieu! Emily... Tu manques décidément de pratique!

Emily se força à sourire. Pourvu que tout cela soit réellement aussi simple que de monter à bicyclette!

9.

Ses trois sacs de provisions dans les bras, Emily examina avec inquiétude la façade de Bachelor Arms. Quand elle était venue apporter la plante à Garrett, le gardien avait bien voulu se charger de remettre le pot à son destinataire mais, aujourd'hui, elle avait eu beau sonner trois fois au bureau d'accueil, personne n'avait répondu...

« C'est raté pour la surprise ! » songea-t-elle, morose, en pensant à la glace en train de fondre et aux fruits de mer qui n'allaient pas tarder à tourner. Raté pour la surprise... et sans doute aussi pour la séance de séduction. Dire qu'elle avait même pensé à apporter un gâteau pour soudoyer le gardien ! Oui, elle s'était vraiment préparée à tout... Sauf à trouver porte close !

Elle aperçut au loin deux jeunes femmes qui venaient dans sa direction. La plus grande était brune et vêtue d'un tailleur chic. L'autre, blonde comme les blés, portait une sorte de blouse aux couleurs vives et des rangers.

Emily jeta un coup d'œil navré à sa propre robe en tissu Liberty agrémentée d'un col de dentelle. Peut-être aurait-elle dû choisir quelque chose de plus sexy ou plus original ? Bref, de plus californien ? Mais, tandis qu'elle se faisait cette réflexion, les deux jeunes femmes s'arrêtèrent devant elle.

147

— Vous êtes enfermée dehors ? demanda gentiment la blonde.

— Pas tout à fait, répliqua Emily avec un sourire gêné. J'espérais que le gardien me laisse entrer dans un des appartements, mais il est absent.

— Oh ! De toute façon, Ken est effroyablement réglo ! Sans autorisation écrite, il ne laisserait même pas entrer le président des Etats-Unis, s'exclama son interlocutrice avec un rire joyeux. Chez qui vouliez-vous aller ?

— Chez Garrett McCabe.

— Vous êtes Emily Taylor ? s'enquit soudain la brune.

Emily hocha la tête, surprise. Comment ces jeunes femmes pouvaient-elles la connaître ? Leur aurait-elle dédicacé un livre ? A moins qu'il ne s'agisse d'amies de Garrett... Juste ciel ! Peut-être même de petites amies à lui ?

Mais la blonde lui tendit la main avec chaleur.

— Je m'appelle Taryn Wilde, expliqua-t-elle. Je suis la femme d'un des amis de Garrett, Josh Banks. Nous habitons ici.

— Moi, c'est Caroline Hallihan, dit l'autre femme. Mon mari est également un ami de Garrett.

Soulagée, Emily se décrispa et leur serra la main.

— Nous allions justement prendre un café chez Taryn, reprit Caroline. Vous voulez vous joindre à nous, le temps que Garrett arrive ?

— Merci, c'est gentil mais, comme je ne peux pas entrer chez lui, je vais devoir trouver une autre solution pour le dîner !

— Si ce n'est que ça, je peux vous ouvrir sa porte, proposa Taryn. Il laisse toujours une clé dans un des pots de fleurs de l'entrée, pour la femme de ménage.

Sur ce, Caroline et Taryn attrapèrent chacune un des sacs d'Emily et lui firent signe de les suivre à l'intérieur du bâtiment. Au bout d'un long couloir et d'une volée de marches, Taryn ouvrit, comme promis, la porte de l'appartement de Garrett. Alors, un peu hésitante, Emily entra.

Elle resta un moment immobile dans le salon. A vrai dire, elle s'attendait à quelque chose de... plus cohérent ! Car si chaque meuble, pris isolément, était assez beau, on aurait dit que Garrett les avait achetés au petit bonheur la chance, sans se préoccuper de l'harmonie d'ensemble ! De plus, elle n'avait jamais vu une telle profusion de tons neutres : hormis la plante verte qui trônait sur une table, on aurait vainement cherché la moindre tache de couleur. Soudain prête à abandonner ses projets de séduction, elle sentait monter une envie frénétique de tout réaménager sur-le-champ !

— C'est plutôt terne, n'est-ce pas ? commenta Taryn. Je lui ai bien proposé un de mes tableaux pour égayer un peu, mais il n'en a pas voulu.

— Et encore, ce n'est rien à côté de l'endroit où vivait Tru avant notre mariage ! intervint Caroline. Il y avait juste une télévision grand écran, un fauteuil relax, et des piles de bouquins crasseux partout !

— Même quelques coussins multicolores suffiraient déjà à briser la monotonie du décor, murmura distraitement Emily. Je verrais bien une housse vert bouteille sur cette chaise... Et, bien sûr, il faudrait habiller ces fenêtres. Quant à cette table basse, elle ne va pas du tout avec le reste...

— Vous feriez bien de commencer à déblayer avant qu'il rentre, dit Caroline. Vous voulez un coup de main pour descendre à la cave l'immonde fauteuil que mon mari lui a refilé ?

— Oh ! non, s'exclama Emily en rougissant. C'est l'appartement de Garrett. S'il l'aime ainsi, c'est lui que ça regarde !

— Evidemment, vous pourriez toujours continuer à

vivre chez vous, au lieu d'emménager chez lui..., concéda Caroline.

— Mais il n'est pas question que j'emménage ici ! D'abord, j'habite à Rhode Island. Et puis, Garrett est juste un ami.

— Un ami ? Ah, je vois..., fit Caroline en lançant un regard entendu à Taryn. Eh bien, je suppose que nous ferions mieux de vous laisser vous mettre au travail !

— A propos, dit Taryn en sortant, qu'avez-vous prévu pour le dîner ?

— Un feuilleté de fruits de mer avec des carottes braisées au gingembre et une salade d'épinards au vinaigre de framboise. Et, comme dessert, une tarte Tatin avec de la glace à la vanille. Garrett aime bien les tartes.

— Quel festin ! s'exclama Taryn. Bon... si vous avez besoin de quoi que ce soit, j'habite juste au-dessus.

— J'espère que nous aurons bientôt le plaisir de vous revoir, ajouta Caroline avant de refermer la porte derrière elles.

Emily sourit avec mélancolie. Non, elle ne les reverrait plus... Et c'était bien dommage ! Pour une fois qu'elle rencontrait des jeunes femmes qui la traitaient comme une personne normale, et non comme une célébrité !

Avec un soupir, elle regarda sa montre. Plus que trois heures avant le retour de Garrett... Si elle voulait que la soirée soit réussie, elle n'avait plus une minute à perdre !

Deux heures plus tard, Emily n'aurait plus donné cher des chances de réussite de son plan.

Tout avait commencé par une rapide inspection de la cuisine de Garrett. Elle s'attendait à y trouver au moins quelques ustensiles de base, et ne s'était donc pas souciée d'apporter des casseroles. Funeste erreur ! Mais, après tout, cuisiner dans des conditions aussi défavorables ne constituait jamais qu'un défi de plus... Se prenant au jeu, elle avait donc entrepris d'étaler sa pâte feuilletée avec une bouteille de bière, s'interrompant à chaque passage pour retirer les morceaux d'étiquette incrustés dans la préparation. Ensuite, les choses n'avaient fait qu'aller de mal en pis. Faute de saladier, elle avait dû se servir d'un petit seau qu'elle avait découvert sous l'évier. Et, l'unique casserole disponible ayant été mobilisée par la cuisson des carottes et la préparation de la sauce, elle avait été obligée d'utiliser une vieille cafetière pour cuire ses fruits de mer. Enfin, il avait bien fallu mettre la table. Et, sur la belle nappe en lin qu'elle avait apportée avec deux chandeliers de cuivre, les assiettes et les couverts jetables de Garrett avaient piètre allure...

En d'autres circonstances, elle aurait jugé l'aventure risible. Mais, au moment d'enfourner ses feuilletés, elle se sentait plutôt d'humeur à pleurer ! Elle dut s'y prendre à plusieurs fois pour allumer le four et le porter à bonne température. Enfin cependant, sa pâte se décida à gonfler de manière convenable, et elle puisa au moins dans cette vision la satisfaction d'avoir triomphé de l'adversité.

Triomphe de courte durée ! Car Garrett choisit cet instant pour rentrer, et elle sentit aussitôt son assurance s'évanouir.

— Emily ! s'exclama-t-il. Que faites-vous là ? J'ai essayé de vous appeler du bureau, mais Nora m'a dit que vous étiez sortie.

S'efforçant d'afficher un sourire radieux, elle expliqua d'une voix chevrotante :

— Je voulais vous préparer un dîner, pour vous remercier de votre gentillesse pendant mon séjour.

— Un dîner ? répéta Garrett, l'air ravi. Hum ! ça sent bon !

— Euh... j'espère que ça ira. Ce n'était pas une mince affaire de cuisiner ici. Vous n'êtes pas très équipé en ustensiles ménagers...

Traversant le salon, Garrett vint l'embrasser sur le front.

— Dans ce cas, nous allons être obligés de retourner dans les magasins ! lui murmura-t-il d'un ton taquin à l'oreille. Je pourrais peut-être même déposer une liste...

Troublée de le sentir si proche, Emily rassembla tout son courage et lui noua les bras autour du cou. Puis, s'enhardissant, elle se dressa sur la pointe des pieds et pressa ses lèvres contre les siennes.

Son audace la surprit elle-même, et dut aussi surprendre Garrett car, quand elle mit fin à ce baiser, il la dévisagea attentivement, semblant s'efforcer de déchiffrer ses intentions. Puis, la voyant sourire à demi, il l'embrassa à son tour, plus profondément mais avec une certaine prudence, méthodiquement presque, comme pour tester ses limites...

Frémissante et un peu étourdie, Emily répondit de son mieux à ses avances. Ciel ! Elle n'avait jamais soupçonné dans quels abîmes de délices peut vous plonger un vrai baiser... Non, jamais, au grand jamais, elle n'avait encore connu un tel émoi !

— Mmm... ce dîner commence bien, déclara enfin Garrett.

— Mon Dieu, le dîner ! s'exclama-t-elle. Je l'avais complètement oublié. Je ferais mieux de...

Mais il ne la laissa pas achever sa phrase. Plaquant ses lèvres contre les siennes, il lui fit de nouveau oublier le dîner... et tout le reste.

— Que se passe-t-il, Emily ? chuchota-t-il enfin. Je croyais que nous étions d'accord pour ne pas aller plus loin.

— Je... j'ai changé d'avis.

Un fin sourire éclaira le visage de Garrett.

— Pour de vrai ?

Se mordant la lèvre, elle hocha la tête.

— Après tout, dit-elle, nous ne sommes plus des enfants...

— Ça, c'est indéniable.

Elle prit alors une profonde inspiration, et le regarda droit dans les yeux. Dieu! qu'il était beau...

— Un peu de vin? demanda-t-elle d'une voix mal assurée.

— Volontiers.

Saisissant cette opportunité de reprendre ses esprits, Emily se précipita dans la cuisine. Les choses s'annonçaient plutôt bien... Mieux qu'elle ne l'avait escompté, en tout cas! A présent, l'essentiel était de ne pas perdre la tête, et de faire semblant de savoir où elle allait!

Elle se mit en quête d'un tire-bouchon, se souvint enfin qu'elle en avait apporté un, et dut s'y reprendre à quatre fois pour extraire le bouchon. Puis elle versa un fond de vin dans un verre, l'avala d'un trait, et eut juste le temps de remplir deux verres avant que la bouteille lui glisse des mains et — patatras! — se brise dans l'évier.

— Ça va? cria Garrett depuis le salon.

— Oui, oui! J'arrive!

Lorsque, enfin, elle le rejoignit, un verre dans chaque main, il s'était commodément installé sur le canapé.

— Ta journée s'est bien passée? laissa-t-elle échapper en s'asseyant auprès de lui.

« Brillant début de conversation, ma fille! » songea-t-elle aussitôt, mortifiée.

— Pas trop mal, répondit-il avec nonchalance.

— Je... je regrette de m'être énervée hier, reprit-elle. J'ai le contrat. J'ai pensé que nous pourrions peut-être...

— Rien ne presse, coupa-t-il avec douceur. Nous verrons ça plus tard...

Il posa alors son verre sur la table basse, prit celui d'Emily et le posa aussi. Puis il l'enlaça tendrement et l'embrassa avec fougue.

Elle s'abandonna avec bonheur à cet enivrant baiser. Oui, songea-t-elle, elle avait eu mille fois raison de choisir Garrett... Entrouvrant un instant les yeux, elle aperçut son compagnon comme à travers un nuage de brume. Décidément, la passion devait aussi lui troubler la vue ! Elle cligna des yeux, mais le brouillard persistait. Et une curieuse odeur lui chatouillait les narines...

— Il y a quelque chose qui brûle ? s'enquit-elle.

— Oui, moi..., gémit Garrett.

— Non ! protesta-t-elle en se dégageant vivement. Ça sent vraiment le roussi !

Elle se précipita dans la cuisine : une épaisse fumée s'échappait du four. Poussant un cri, elle ouvrit la porte, mais ne trouva rien pour saisir ses malheureux feuilletés.

— C'est trop chaud ! s'exclama-t-elle, catastrophée. Où sont les moufles ? Tu n'as rien pour attraper ça ?

Garrett l'avait rejointe, et fouillait frénétiquement dans les placards.

— C'est-à-dire que... je ne me sers jamais du four, expliqua-t-il. Le thermostat est cassé.

— Comment ça, cassé ? Tu n'as même pas un four qui marche ? Mais c'est aussi indispensable qu'une robinetterie en bon état !

Garrett s'engouffra enfin dans la salle de bains, en rapporta une serviette-éponge, la roula et s'en servit pour retirer la plaque du four. Mais les feuilletés étaient déjà carbonisés ! Ronds, noirs, ils évoquaient assez des palets de hockey. Il en saisit un et l'examina d'un œil sceptique.

— C'est normal qu'ils soient de cette couleur-là ? demanda-t-il enfin.

— Non, répliqua Emily, anéantie.

— Ah bon. Je me disais que c'était peut-être une recette exotique...

Les larmes aux yeux, Emily enfouit son visage dans ses mains.

— Tout est raté ! gémit-elle.

— Mais non...

— Si ! Je voulais te préparer un dîner romantique et, après, essayer de te séduire... Dire que c'est la seconde partie du programme qui m'inquiétait ! C'est un comble ! Je ne suis même plus fichue de faire correctement la cuisine !

— Allons, ce n'est pas si grave, dit-il en la prenant par la taille. De toute manière, je n'avais pas très faim. J'ai déjeuné tard.

— C'est vrai ? fit-elle, ravalant un peu ses larmes.

— Mais oui...

Il la souleva et l'assit sur le comptoir.

— Ne pense plus à ce dîner, Emily, reprit-il. Séduis-moi...

Elle avala péniblement sa salive.

— Tu es sérieux ?

— Très...

— Je ne suis pas sûre que je saurai, murmura-t-elle.

— Mais si ! Tu vas voir, je vais t'aider... Tu pourrais commencer par déboutonner ma chemise, par exemple...

Les doigts tremblants, Emily obéit. Puis elle posa une main contre la poitrine de Garrett, et fut troublée de sentir les pulsations de son cœur, si lentes et profondes à côté des battements affolés du sien. Garrett lui tendit ensuite ses poignets pour qu'elle les déboutonne aussi, avant de laisser tomber, d'un haussement d'épaules, sa chemise sur le sol.

Il ferma alors les yeux, soupirant d'aise tandis qu'Emily effleurait ses puissantes épaules, son torse sculptural, les muscles fermes de son ventre... « Un corps magnifique ! » songea-t-elle. Jamais elle n'aurait cru pouvoir éprouver un tel plaisir à caresser un homme...

— Déshabille-toi, murmura-t-il enfin, les yeux mi-clos.

155

— Non, toi, vas-y ! répliqua-t-elle, surprise par sa propre audace.

Avec un sourire, Garrett lui défit lentement sa robe, jusqu'à ce qu'elle se retrouve en slip et en soutien-gorge.

Alors, malgré la chaleur ambiante, elle frissonna.

— Tu ne crois pas qu'on devrait aller dans la chambre ? fit-elle.

— Non ! Je te veux ici... tout de suite.

Emily n'avait encore jamais fait l'amour dans une cuisine. Ni même ailleurs que dans un lit, à vrai dire ! Mais tant mieux si, avec Garrett, c'était différent. Le souvenir n'en resterait que plus vivement gravé dans sa mémoire...

— Va pour la cuisine, dit-elle.

Alors, les yeux brillants de désir contenu, Garrett fit glisser les bretelles de son soutien-gorge de chaque côté de ses épaules.

— Blanc..., murmura-t-il avec un petit rire étouffé. Il va falloir que je révise mes théories sur la lingerie féminine !

Puis il s'empara de ses seins et, tendre et provocant, se pencha pour les embrasser à travers leur fine gaine de soie.

Les yeux écarquillés de plaisir, Emily réprima un gémissement voluptueux. Il lui semblait qu'à chacune des caresses de Garrett, une digue cédait, l'inondant d'un flot de bonheur et de désir...

N'y tenant plus, elle tenta de l'attirer contre elle. Alors, résistant un peu, il encercla d'une main une de ses chevilles, puis lui embrassa doucement la plante du pied. Et tandis que, les yeux clos, elle se concentrait sur les caresses de sa bouche gourmande, il remonta peu à peu le long de sa jambe et de sa cuisse, jusqu'à ce qu'elle se sente sur le point de défaillir d'excitation. Agrippée aux épaules de Garrett, chacun de ses nerfs tendu à craquer, Emily rejeta alors la tête en arrière. Et lorsque, écartant un peu la dentelle du slip, il explora du bout de la langue sa féminité la plus intime, faisant exploser ses dernières inhibitions, elle s'entendit crier son nom. Puis ce fut comme une vague, plus haute que les autres, qui lui aurait fait toucher le ciel avant de la rejeter, pantelante, sur la grève. Personne ne l'avait jamais amenée aussi loin...

Quand enfin elle rouvrit les yeux, Garrett l'observait. Galvanisée par la découverte de sa propre sensualité, elle se redressa et desserra la ceinture de son amant. Puis elle entreprit de faire glisser la fermeture Eclair de son pantalon. Lui saisissant alors le poignet, Garrett l'arrêta à mi-chemin.

— Tu es sûre que c'est ce que tu veux ? demanda-t-il. Parce que, après, tu sais, je ne pourrai plus me retenir...

Leurs regards se croisèrent et, lentement, Emily dégagea sa main. Alors, Garrett lui prit le visage à deux mains et l'embrassa avec frénésie. Puis, tous deux fous de désir, ils s'aidèrent à arracher ce qui leur restait de vêtements et s'étreignirent farouchement. Bientôt, sentant que Garrett ne pourrait plus attendre très longtemps, Emily fouilla dans un des sacs qui traînaient sur le comptoir, attrapa la boîte de préservatifs et, du bout des dents, déchira le coin d'une des pochettes. Sans mot dire, Garrett attendit qu'elle ait fini puis, avec un gémissement de bonheur, il se perdit enfin en elle.

Alors, en sentant leurs corps se confondre, Emily comprit qu'elle n'avait encore jamais aimé aucun homme.

Garrett était le premier.

Et, bien plus tard, après qu'ils eurent refait l'amour dans la chambre, elle s'endormit dans ses bras avec une sensation d'épanouissement et d'accomplissement total. Oui, voilà ce qu'elle aurait dû vivre autrefois, pendant ses années de mariage... Et Garrett était l'homme qu'elle aurait dû épouser !

Quand Emily s'éveilla, le lendemain matin, elle resta un moment immobile, se demandant où elle était.

— Bonjour, mon petit loir, dit soudain une voix familière.

Elle se retourna. Garrett se tenait debout près du lit, en jean. Seigneur! Elle se souvenait à présent! Elle était dans le lit de son amant... Il était habillé, elle était nue... Comment se tirer de cette embarrassante situation?

— Je vais descendre chercher le journal et le petit déjeuner, déclara Garrett en enfilant une paire de mocassins.

Remontant les draps jusqu'à son menton, Emily se détendit un peu. Voilà donc quels étaient les usages! Il allait sortir un moment, le temps qu'elle s'habille et se refasse une beauté...

— D'accord, dit-elle, rassérénée.

Garrett passa un T-shirt, puis se pencha pour embrasser Emily sur le front. Elle fut aussitôt tentée de se pendre à son cou pour de nouvelles étreintes passionnées, mais résista vaillamment et le laissa partir.

Cependant, une fois sur le seuil de la chambre, il s'arrêta.

— Ne bouge pas d'ici jusqu'à ce que je revienne, dit-il. Il faut qu'on parle de tout ça.

— Tu veux qu'on en parle? bredouilla-t-elle, interloquée, se demandant s'il était bien normal de commenter ses nuits d'amour le lendemain matin...

— Je serai de retour dans un quart d'heure, répliqua-t-il, un sourire ironique aux lèvres. Tu peux dormir encore un peu...

Perplexe, Emily attendit qu'il sorte, puis se leva, s'enveloppa dans un drap et gagna la cuisine. Tous ses vêtements s'y trouvaient encore, parmi les vestiges de ses

158

désastreuses tentatives culinaires de la veille. Lentement, elle s'habilla. Et ce fut alors que toute l'horreur de la situation lui apparut.

Qu'avait-elle donc fait ? Tout cela était censé être si simple ! Séduire un homme, puis partir... Mais elle n'avait plus la moindre envie de s'en aller, à présent ! Et elle ne pouvait plus se dissimuler son amour pour Garrett... Quelle folie ! Elle le savait pourtant dès le début, que leurs relations n'avaient aucun avenir ! Il était le célibataire le plus endurci de la ville et, pire encore, toute sa carrière de chroniqueur reposait là-dessus !

Pouvait-elle prendre le risque de laisser un homme lui briser de nouveau le cœur ? Non. Elle n'y survivrait pas ! Une seule solution : la fuite. Mettre des milliers de kilomètres entre eux et, surtout, ne jamais le revoir...

Essuyant une larme, elle composa le numéro de Nora.

Au bout de six sonneries, celle-ci décrocha.

— Allô ? fit une voix pâteuse.

— Nora ? C'est moi. Je suis désolée de t'avoir réveillée, mais j'ai besoin de ton aide.

Pour toute réponse, Nora émit un grognement interrogateur.

— Je voudrais que tu téléphones à Parker, reprit Emily. Pour le prévenir que je passerai à son bureau dans trois heures. Dis-lui aussi de convoquer ses avocats et préviens les nôtres. Puis essaie de nous trouver deux places sur un vol pour Rhode Island en début d'après-midi. D'accord ?

— Emily, qu'est-ce qui t'arrive ?

— Rien... Ecoute, je passe te chercher dans une heure. D'ici là, fais nos bagages. Il est temps d'en finir avec cette histoire de contrat.

— Mais qu'est-ce qu'il y a ? insista Nora, inquiète.

Alors, retenant ses larmes, Emily se borna à l'essentiel :

— Nora, il faut qu'on parte... Je crois que je suis amoureuse de Garrett !

Le petit déjeuner d'Emily fourré sous son bras, Garrett remontait la rue en lisant les titres du journal. Pour la première fois de sa vie, il se sentait presque d'humeur à siffloter ! Son existence venait décidément de prendre un nouveau tournant... Dire que, un mois plus tôt, il n'aurait renoncé à son célibat pour rien au monde ! Mais à présent... A présent il avait Emily. La douce, la merveilleuse, la divine Emily... La femme que, sans le savoir, il attendait depuis toujours !

Penser qu'il avait failli la laisser filer ! Sans la nuit dernière, il n'aurait jamais su à quel point il était amoureux d'elle... Mais maintenant, tout était clair dans sa tête : il allait démissionner du *Post* et la suivre dans l'Est. Peut-être essaierait-il de se faire embaucher à Boston ? A moins qu'il prenne d'abord quelques semaines de vacances, histoire de mieux profiter d'Emily ! Et, dès que possible, il l'épouserait.

Tandis qu'il cherchait ses clés, son regard se posa machinalement sur la plaque de cuivre apposée près de l'entrée de Bachelor Arms. Il l'avait vue des centaines de fois, mais sans jamais remarquer l'inscription ajoutée en dessous : « Croyez la légende ».

Il sourit. Au fond, cette légende n'était peut-être pas si absurde que ça. Car autrement, comment concevoir qu'il se soit subitement converti au mariage ? Jadis, ç'avait été sa pire crainte, et maintenant, son rêve le plus cher...

Il entendit la sonnerie de son téléphone dans le couloir, et se dépêcha de regagner son appartement. Entrant en coup de vent, il posa ses paquets, prit le combiné, puis fronça les sourcils en entendant une voix débiter d'un ton monocorde :

— « Le car des supporters part à l'aube... »

— Alvin, c'est toi ?

— Alex ! hurla la voix.

— O.K., Alex, répondit-il en écartant le récepteur de son oreille. Qu'est-ce qui te prend de m'appeler ici ? Où es-tu ?

— Au bureau, chuchota Alvin, d'une voix soudain presque inaudible. Et je crois que vous feriez mieux de venir aussi.

— Ah ! ça, pas question ! s'exclama Garrett en riant. Rien ne pourra me faire ressortir de chez moi ce matin !

— Ils vont signer le contrat, insista Alvin. Dans moins de trois heures. L'information vient d'arriver d'en haut.

— Mais c'est ridicule ! Ils ne peuvent rien signer sans Emily.

— C'est elle qui a convoqué la réunion.

— Quoi ? Quand ça ?

— Il y a dix minutes. M. Parker a reçu un coup de fil de Mme Griswold l'informant que Mme Taylor était prête à signer. Ses avocats seront là à 11 heures.

— Ton copain a dû disjoncter, Alvin. Préviens-moi dès qu'il aura recouvré ses esprits. Mais n'espère pas me joindre ce matin, je débranche mon téléphone.

Sur ce, il raccrocha, bien décidé à ne plus se laisser déranger par les élucubrations d'Alvin. A présent, quoi qu'il advienne, Emily et lui allaient prendre un bon petit déjeuner, puis retourner sous les couvertures et faire l'amour pendant le reste de la matinée. Non, mais !

— Emily ? appela-t-il en se dirigeant vers la chambre. J'ai rapporté du café et de quoi faire des tartines. Tu dors encore ?

La vue du lit vide l'arrêta net.

— Emily ?

Il la chercha d'abord dans la salle de bains, et c'est seulement en allant inspecter la cuisine qu'il s'aperçut que ses vêtements avaient disparu.

Enfer et damnation ! Se pouvait-il qu'Alvin ait eu raison ? Mais pourquoi aurait-elle décidé de signer ce contrat avant même qu'ils aient eu le temps d'en discuter ? C'était insensé ! A moins que... A moins qu'elle se soit imaginé que c'était le seul moyen d'éviter leur séparation ? Crénom ! Elle était sans doute sur le point de commettre la plus grosse erreur de sa carrière, et tout ça à cause de lui... Mais que faire ? Il n'avait aucune preuve tangible que Parker voulait l'escroquer !

A tout hasard, il se mit à inspecter la cuisine. Emily avait parlé d'une copie du contrat, la veille... Peut-être l'avait-elle oubliée, dans sa hâte ? Il découvrit enfin le contrat sous un sac vide, et jeta un coup d'œil à sa montre. Il lui restait une petite heure pour essayer de comprendre le sort que Parker comptait réserver à l'amour de sa vie...

Hélas, cinq minutes de lecture de ce jargon compliqué lui suffirent pour réaliser qu'il ne s'en sortirait pas sans traduction. Et le seul traducteur qu'il avait sous la main était Josh. Pourvu qu'il arrive à l'intercepter avant qu'il ne parte au boulot ! Survolté, Garrett se rua à l'étage supérieur.

Ce fut Taryn qui ouvrit, les cheveux encore en bataille.

— Tiens ! McCabe..., dit-elle. Salut, qu'est-ce qui se passe ?

— Josh est encore là ?

— Il s'habille. Tu veux t'asseoir en l'attendant ?

Garrett entra, mais il était bien trop énervé pour tenir en place. Arpentant le salon à longues enjambées, il attendit que son ami daigne sortir de la salle de bains.

Josh parut quelques instants plus tard, en costume cravate comme à l'accoutumée.

— Qu'est-ce qui t'arrive, McCabe ? s'enquit-il avec flegme.

Garrett lui tendit aussitôt la liasse de papiers.

— J'ai besoin de ton aide. Il faut que tu m'expliques pourquoi Emily aurait tort de signer ce contrat avec Parker. Et vite !

10.

— Ils sont là-dedans ? s'enquit Garrett en passant en trombe devant la secrétaire de Parker.

— Mais... vous n'avez pas le droit d'entrer ! protesta celle-ci en se précipitant à ses trousses. Monsieur McCabe, revenez !

Mais Garrett avait déjà ouvert la porte, qui alla battre avec violence contre le mur.

Aussitôt, Emily, Nora, Richard Parker et les représentants de leurs cabinets d'avocats respectifs se retournèrent, le dévisageant avec stupeur.

Tout essoufflée, la secrétaire s'interposa.

— Je suis navrée, monsieur, dit-elle à son patron. J'ai bien essayé de le retenir mais...

— Peu importe, coupa sèchement Parker. Au point où nous en sommes, autant qu'il soit là. Il pourra peut-être nous fournir quelques éclaircissements.

— Mais il n'a rien à voir dans cette affaire, protesta Emily.

— Emily, il faut qu'on parle, dit Garrett en s'avançant d'un pas.

— Tiens, tiens..., commenta Parker. Ne pensez-vous pas qu'il soit un peu tard pour ça, McCabe ?

— Tu ferais peut-être mieux d'aller voir ce qu'il veut, chuchota Nora à Emily.

165

— Il n'y a aucune raison, répondit cette dernière. Quoi qu'il puisse en dire, cela ne changera rien.

— Emily, insista Garrett, je ne veux pas me mêler de tes affaires, mais tu ne savais pas tout ce que tu aurais dû savoir avant de décider de signer.

— Diable! McCabe, je croyais que nous faisions équipe, déclara Parker. N'était-ce pas à vous de la convaincre de l'intérêt d'une collaboration avec les Publications Parker?

— Qu'est-ce que c'est que cette histoire d'équipe? intervint Emily.

Garrett eut un rire amer.

— Tu n'imagines pas quel genre d'homme est Parker, Emily. Ni jusqu'où il était prêt à aller pour arriver à ses fins!

— Mais veuillez donc éclairer notre lanterne, McCabe. J'ai hâte d'apprendre ce que vous avez à reprocher à votre employeur, répliqua Parker.

— J'aimerais parler à Mme Taylor en privé, riposta Garrett. Emily, s'il te plaît, déchire ce contrat et sortons d'ici.

Mais Emily secoua la tête.

— Je ne bougerai pas d'ici, martela-t-elle avec obstination. Si tu as quelque chose à dire, vas-y.

— Très bien. Comme tu voudras. Parker craignait que tu refuses de vendre. Alors, il a décidé de se servir de moi pour améliorer ses chances.

— De se servir de toi...? Comment ça?

— Il voulait que je te fasse du charme. Il m'a même menacé de me virer si je refusais.

— Quelle calomnie! s'écria Parker d'un air offusqué.

— Alors, c'est pour me convaincre de signer que tu as passé tant de temps avec moi? murmura Emily. Pour garder ton emploi?

— Bien sûr que non! s'écria Garrett. Tu sais pertinemment ce que je pense de ce contrat!

Emily le dévisagea, manifestement en proie au trouble le plus total.

— Je ne te crois pas, dit-elle enfin. L'article, tes excuses, ta cour assidue... tout cela faisait partie d'un plan concerté pour me manipuler... C'est monstrueux !

— Voyons, c'est faux, tu le sais bien ! protesta Garrett. Je n'ai jamais essayé de te convaincre de signer. J'ai même fait tout mon possible pour t'en dissuader !

— C'est vrai ? demanda Nora à Emily. C'est lui qui t'a persuadée de renoncer à cette vente ?

— Comment ça ? Tu ne vends pas ? s'exclama Garrett, interloqué. Tu n'as pas signé ?

— Et grâce à vous, McCabe, répliqua Parker. J'ai rarement vu des aveux aussi complets !

— Le fait est, reconnut Garrett. Et je me réjouis qu'Emily ait renoncé à traiter avec vous. Vous êtes une ordure, Parker, il serait temps que tout le monde le sache.

— Et vous, vous êtes viré ! rétorqua Parker avec un sourire pincé.

— Oh ! non. C'est moi qui démissionne ! Et maintenant, dit Garrett en prenant Emily par le bras, si vous voulez bien nous excuser, j'ai deux mots à dire à Mme Taylor avant de débarrasser mon bureau.

— Vous ne trouverez plus jamais de travail dans cette ville, McCabe, hurla Parker. Quant à vous, madame Taylor, vous venez de gâcher la plus belle opportunité de votre carrière ! Je ne vous donne pas un an pour faire faillite !

Emily jeta à Parker un regard inquiet, mais Garrett l'entraîna aussitôt hors de la pièce.

— Il a sûrement raison, murmura-t-elle. J'ai sans doute commis une erreur.

— Mais non, tu as très bien fait, répliqua Garrett. Ne te laisse pas impressionner. Tôt ou tard, il aurait massacré ton magazine, comme il l'a fait pour tant d'autres. Et il se serait débarrassé de Nora et de toi en prime.

— Pourquoi ne me l'as-tu pas dit plus tôt ? demanda Emily en se dégageant d'une secousse.

— Je comptais t'en parler pendant le petit déjeuner, mais tu étais déjà partie...

— Oui, mais... avant ?

— Avant de voir le contrat, je ne pouvais être sûr de rien. Et même alors, il a fallu que je demande l'avis de Josh. C'est lui qui m'a conseillé de te mettre en garde.

— En tout cas, tu n'avais pas à faire irruption dans cette pièce.

— Emily, j'avais si peur pour toi ! protesta-t-il en l'attirant contre lui.

— C'est très gentil, répliqua-t-elle froidement, mais, comme tu peux le constater, tout est bien qui finit bien.

— Enfin, qu'est-ce qui te prend ?

— Rien.

— Bon. Dans ce cas, allons récupérer tes affaires avant que Parker les fasse jeter à la rue. Je t'hébergerai jusqu'à ton retour à Rhode Island. Et cet après-midi, on ira acheter quelques casseroles, enfin, tout ce qui manque chez moi. Comme ça, tu pourras m'apprendre à faire la cuisine...

Evitant le regard de Garrett, Emily avala nerveusement sa salive.

— Nora et moi rentrons aujourd'hui même, répliqua-t-elle. Notre avion part dans deux heures.

— Dans deux heures ! Mais pourquoi partir si vite ? Maintenant que tout s'arrange entre nous ?

— Garrett, je ne vois pas en quoi ce qui s'est passé hier justifie que je modifie mon programme.

— Arrête de me faire marcher. Je sais qu'il s'est passé quelque chose de très fort entre nous la nuit dernière.

— C'était très bien, concéda-t-elle. Je n'ai jamais dit le contraire.

— Enfin, pourquoi aurais-tu voulu passer la nuit avec moi si tu n'éprouvais rien de particulier à mon égard ?

168

— A titre d'expérience, répliqua-t-elle d'un air de défi.

— Ça suffit, Emily. Je ne te crois pas. Dis-moi la vérité.

— La vérité, répliqua-t-elle en prenant une profonde inspiration, c'est que j'ai déjà été mariée une fois, et que ça m'a suffi. Je ne suis pas douée pour la vie de couple.

— Toi, tu n'es pas douée ? Voyons ! C'est ton mari qui était nul ! Tu n'y es pour rien !

— Si, j'attendais trop du mariage.

— Tu en attendais ce que tu méritais, et que tu mérites encore ! Un homme qui t'aime et sache apprécier tout ce que tu as à lui offrir.

— Et qu'est-ce que j'ai à offrir, au juste ?

— Si tu ne le sais toujours pas, que veux-tu que j'y fasse ! Quand tu en auras assez de te déprécier, tu comprendras peut-être que nous sommes faits pour vivre ensemble...

— Non, dit-elle en secouant lentement la tête. Je regrette mais ça, c'est impossible.

Garrett la prit par les épaules, tenté de la secouer comme un prunier, puis il finit par lui donner un long baiser passionné.

— Je t'aime, Emily...

Mais soudain, derrière lui, il entendit quelqu'un se racler la gorge. C'était Nora.

— Emily ? dit celle-ci, hésitante. Je suis prête à partir pour l'aéroport. Notre avocat est resté avec Parker, pour essayer de limiter les dégâts... Tu rentres toujours avec moi ?

Hochant la tête en silence, Emily se dégagea de l'étreinte de Garrett et rejoignit son amie.

— Reviens, Emily ! s'écria Garrett. Tu ne peux tout de même pas te contenter d'oublier la nuit dernière !

— Je n'ai jamais dit que j'oublierai, répliqua-t-elle avec un sourire triste.

Puis elle s'éloigna au bras de Nora.

Garrett les suivit du regard, pestant en silence. Une expérience ? Etait-ce bien ainsi qu'elle avait qualifié leur nuit d'amour ? Quelle ironie ! Maintenant qu'il avait enfin trouvé la femme de sa vie, voilà que c'était elle qui le plaquait !

« Laisse tomber ! se dit-il enfin, rageur. Qu'elle aille donc retrouver ses chères fleurs et ses chers légumes ! » Après tout, il avait fort bien vécu avant de la connaître... Et il n'y avait aucune raison pour que cela cesse !

Emily ramassa une motte de terre et la huma avec bonheur. Un doux soleil inondait le jardin, exaltant les odeurs de feuilles mortes et d'herbe fraîche... Depuis son retour, c'était la première fois que le temps lui permettait de mettre le nez dehors, et son jardin était dans un triste état. Elle avait donc passé l'essentiel de la journée à bêcher, ratisser, et découvrir les nouvelles pousses. Peut-être leur floraison prochaine lui rendrait-elle un semblant de sérénité ?

Nora s'était mise en quête d'un nouvel éditeur dès leur arrivée à Rhode Island, mais elle-même avait eu le plus grand mal à s'intéresser à cette tâche, ou à quoi que ce fût concernant *At Home*. Elle avait juste passé la semaine à attendre de pouvoir jardiner, espérant que cela l'aiderait à oublier Garrett...

Hélas ! Il hantait ses jours et ses nuits ! Contre toute attente, l'éloignement n'avait en rien dissipé ses doutes. Avait-elle fait le bon choix ? Leur aventure aurait-elle eu la moindre chance de durer ? Si seulement il avait existé une formule magique pour déterminer la sincérité et la profondeur des sentiments d'un homme ! Car, pour l'heure, sa seule certitude était l'impression de vide qu'elle ressentait, et la nostalgie poignante qui lui étreignait le cœur. L'avenir s'annonçait morose, rempli de journées identiques et de nuits sans amour, et l'isolement protecteur qu'elle affectionnait naguère avait bel et bien cessé de lui sourire...

Oui, elle était triste, songea-t-elle en empoignant sa bêche. Mais la nature lui avait appris qu'après la pluie vient le beau temps. Si elle faisait preuve de patience, peu à peu, son chagrin s'apaiserait. Et elle finirait bien par retrouver sa joie de vivre!

« Je retrouverai le bonheur... Je retrouverai le bonheur... », se mit-elle à chantonner à voix haute pour se donner du courage.

— J'espère bien! répondit derrière elle une voix enjouée.

Emily se retourna. Nora se tenait accoudée à la palissade du jardin, vêtue d'un jean crasseux, d'un vieux blouson et d'une paire de bottes en caoutchouc.

— Nora! Quel bon vent t'amène? demanda Emily.

— Je t'ai apporté un petit cadeau.

— Un cadeau?

— Ouais! Du fumier. Cent pour cent biologique! Il est à l'arrière de ma camionnette. Où veux-tu que je le mette?

— Pas devant ma porte, en tout cas! s'exclama Emily. Tu n'as qu'à amener la camionnette ici en marche arrière, et on la déchargera au fond du jardin.

— D'accord... Et à part ça, comment ça va?

— Bien. Je me suis occupée des rosiers, et il y a plein de pousses dans mes plates-bandes. Plus que quelques jours et...

— Ce n'est pas de cela que je voulais parler, coupa Nora.

Alors, Emily baissa piteusement la tête.

— On fait aller.

— Tu as des nouvelles de Garrett?

— Pourquoi voudrais-tu que j'en aie? Nous avons chacun notre vie.

— Grâce à toi, il n'a surtout plus de travail.

— Comment ça, grâce à moi? Je n'y suis pour rien!

Nora esquissa une moue.

— Pour rien? S'il a perdu son boulot, c'est pour avoir essayé de te tirer des griffes de Parker, tout de même.

— Ça, c'est ce qu'il dit. Mais rien ne prouve que Parker ait eu de mauvaises intentions à notre égard.

— Hélas si! Notre avocat a relu ce fameux contrat. Et il a contacté plusieurs des anciens associés de Parker. Ces gens ont tous été évincés après le rachat de leurs magazines. Garrett avait vu juste: Parker voulait obtenir le contrôle absolu sur *At Home*, quitte à se débarrasser de nous ensuite.

— Ah? N'empêche, Garrett m'a menti.

— Tu es sûre de ne pas te servir de cet argument comme prétexte?

— Enfin! Pourquoi le défends-tu, maintenant? riposta Emily avec irritation.

— Parce que c'est un chic type. Autrement, il n'aurait jamais pris ta défense comme il l'a fait.

Avec un soupir, Emily se remit à bêcher sans mot dire.

— Pourquoi l'as-tu repoussé? insista Nora. Franchement?

— Parce que j'ai eu peur...

— Mais de quoi?

— Que ce soit pareil qu'avec Eric! Qu'est-ce qui me garantit que Garrett n'aura pas envie de me plaquer au bout de quelques années, lui aussi?

— Rien ne te le garantit, c'est vrai. Tu peux seulement te fier à ton cœur. Et faire confiance à Garrett.

— De toute façon, soupira Emily, il n'est pas du genre à se marier... Non, tout est fini entre nous, Nora.

— Si c'est vraiment ce que tu penses, ce n'est pas mon malheureux fumier qui va te remonter le moral...

Emily se mit à rire.

— Peut-être pas, répondit-elle. Mais quelques sacs de tourbe y contribueraient peut-être !

— Dans ce cas, viens, déclara Nora en lui passant un bras autour des épaules. On va décharger la camionnette, et puis je t'emmènerai en ville chercher ta précieuse tourbe.

Emily lâcha alors sa bêche, et embrassa son amie avec émotion.

— Merci pour tout, Nora ! Qu'est-ce que je deviendrais sans toi...

— Je sais, je sais, répliqua Nora en lui tapotant le dos. Ce n'est pas une mince affaire de veiller sur toi, mais il faut bien que quelqu'un s'en charge !

Emily se redressa alors et sourit. Elle se sentait déjà beaucoup mieux. Et rien de tel qu'un petit tour à la jardinerie pour se changer les idées...

« Ajouter le contenu du sachet de condiment aux macaronis égouttés », lut Garrett.

Il jeta un coup d'œil à la casserole, puis de nouveau au mode d'emploi. Bizarre... Ces macaronis instantanés au fromage étaient pourtant censés être faciles à préparer. C'était même la grande spécialité de Josh, à une époque. Pourtant, ils ne se présentaient pas du tout comme prévu. D'abord, ils étaient bien plus gros que dans son souvenir. Et comment pouvait-on les égoutter s'il n'y avait plus de liquide dans la casserole ? L'eau se cachait-elle dans tous ces petits tuyaux ?

Avec un haussement d'épaules, il ouvrit le sachet de mixture orange et en saupoudra les macaronis. Puis il ajouta un verre de lait et un gros morceau de beurre.

Le résultat évoquait assez une soupe... Songeant que la préparation avait peut-être besoin de cuire davantage,

Garrett remit bravement la casserole sur le feu, puis se tourna vers le micro-ondes, mais — ô surprise ! — il lui fut impossible d'apercevoir les hot dogs qu'il y avait mis à chauffer dix minutes plus tôt... Ouvrant la porte, il découvrit avec consternation que ses saucisses avaient explosé, constellant les parois du four d'une myriade de particules solidement incrustées.

« Et m... ! » Il s'était pourtant déjà servi d'un micro-ondes au *Post* ! Certes, celui-ci paraissait beaucoup plus sophistiqué. Dans ses efforts désespérés pour le mettre en marche, peut-être avait-il appuyé par erreur sur la touche « désintégration » ?

D'un regard circulaire, il tenta d'évaluer l'étendue du désastre qui s'était abattu sur la cuisine d'Emily. Depuis une heure que Nora l'avait laissé entrer, il avait réussi à bouleverser l'ordre impeccable des moindres recoins de la pièce. La cuisinière était dans un état catastrophique, et le sol n'avait pas très bonne mine non plus... Ce petit souper allait résolument être une surprise pour Emily, mais pas pour les bonnes raisons !

Bah ! Après tout, le dîner romantique qu'elle lui avait préparé ne s'était pas non plus déroulé comme prévu. Or qui avait songé à s'en plaindre ? Avec un peu de chance, ses étranges macaronis lui ouvriraient la voie d'une heureuse réconciliation...

La pendule de la cuisine indiquait 18 h 50. Encore dix minutes, et Emily allait rentrer : il n'y avait plus une seconde à perdre ! S'essuyant les mains sur le tablier de cuisine en vichy qu'il avait enfilé, il se dirigea résolument vers l'évier et appuya sur l'interrupteur. Mais au lieu de la lumière attendue, il n'obtint qu'un bruit sinistre, en provenance de sous l'évier. Il fit de nouveau jouer l'interrupteur, puis baissa les yeux. Une cuillère de bois sautillait dans le conduit d'évacuation. Son manche avait été déchiqueté sur les deux tiers de sa longueur...

174

— Le broyeur d'ordures ! Bravo, McCabe, grommela-t-il.

Il éteignit le broyeur et fourra les restes de la cuillère dans le tiroir le plus proche. Puis, empoignant la bouteille de vin qu'il avait débouchée, il décida de faire le tour de la maison pour se changer les idées.

Le cottage était clair et gai, chaleureux et accueillant. Chacun de ses meubles et de ses bibelots semblait avoir été choisi avec le plus grand soin. Et, bizarrement, Garrett s'y sentait davantage chez lui que dans son propre appartement...

Dans la chambre, il s'arrêta un moment pour admirer le grand lit de bois. Puis, pris d'une curiosité subite, il souleva le couvre-lit. Des draps à fleurs..., constata-t-il, amusé. Il l'aurait parié ! Mais désormais, il aurait été prêt à dormir n'importe où pourvu que ce fût auprès d'Emily.

Après une brève inspection des autres pièces, il regagna la salle à manger et réalisa qu'il n'avait même pas mis la table. Démoralisé, il s'effondra dans un fauteuil et but une longue goulée de vin à même la bouteille.

Vingt-quatre heures sans dormir ! Il n'en pouvait vraiment plus... Il avait quitté Los Angeles la veille, quinze jours après Emily. Ces deux semaines lui avaient semblé atrocement longues, mais il savait qu'il devait laisser à la jeune femme le temps de se calmer. Son seul espoir, c'était qu'il lui manquerait autant qu'elle lui manquait... Enfin, il avait pris l'avion pour Boston, où il avait rendez-vous avec le directeur du *Globe*. Quatre heures plus tard, il avait un nouvel emploi, et pouvait songer à retrouver la trace d'Emily. Sur un coup de tête, il avait alors téléphoné aux bureaux d'*At Home*, espérant extorquer à Nora quelques informations sur l'état d'esprit de son associée. Heureusement, Nora s'était montrée très coopérative, allant même jusqu'à l'accompagner chez Emily. Le dîner n'avait été qu'une inspiration de dernière minute. Une inspiration fort peu inspirée...

Un hurlement perçant interrompit soudain le cours de ses ruminations. L'une ou l'autre de ses bourdes avait-elle fini par déclencher une sirène d'alarme ? Un coup d'œil circulaire lui apprit toutefois qu'il n'y avait pas trace d'incendie. Juste Emily, plantée au milieu de sa cuisine, l'air effaré.

— Hello ! chérie, fit-il en la rejoignant avec un large sourire. Tu as passé une bonne journée ?

En l'apercevant, elle poussa un nouveau cri de surprise.

— Qu'est-ce que tu fiches ici ? Comment es-tu entré ? Et... qu'as-tu fait à ma cuisine ? gémit-elle en passant un doigt sur les restes de la préparation pour pudding instantané qu'il avait renversée un peu plus tôt.

Ainsi en colère, elle était encore plus belle que dans son souvenir ! Garrett soupira, réprimant une forte envie de la prendre dans ses bras.

— Je suis navré pour ta cuisine, dit-il. J'espérais pouvoir tout nettoyer avant que tu rentres.

— Tu es navré ? Tu forces ma porte, tu dévastes tout sur ton passage, et c'est tout ce que tu trouves à me dire ?

— Je n'ai pas forcé ta porte. C'est Nora qui m'a ouvert.

A la stupéfaction de Garrett, la sage Emily émit alors une cascade de jurons particulièrement bien sentis.

— Quand Nora se décidera-t-elle à ne plus se mêler de ma vie privée ? conclut-elle enfin, l'air ulcéré.

— Peut-être sait-elle ce qui est bon pour toi, hasarda Garrett.

— Ah oui ? On voit que ce n'est pas elle qui va passer une semaine à nettoyer les dégâts !

— D'accord. Mais elle sait combien je t'ai manqué, répliqua-t-il avec un sourire taquin.

— Non, Garrett, tu ne m'as pas manqué. Et ne te fatigue pas à me faire du charme, ça ne marche plus !

Puis, comme il s'avançait vers elle, elle se réfugia derrière une table.

— Alors, comme ça, je ne t'ai pas manqué? dit-il.

— Absolument pas! s'exclama-t-elle en attrapant une pomme, dans l'intention manifeste de s'en servir comme projectile.

— Allons, Emily! Tu ne vas tout de même pas recommencer à me bombarder?

— Sors de chez moi! cria-t-elle. Tout de suite!

— Ecoute, Emily, ce qui s'est passé dans le bureau de Parker n'a rien changé à mes sentiments à ton égard, et je ne crois pas que cela ait changé les tiens non plus...

— Ah oui? Et quels seraient mes sentiments, d'après toi?

— Tu es amoureuse de moi...

Elle éclata d'un rire nerveux.

— Jamais de la vie!

— Et moi, je suis amoureux de toi, poursuivit-il en contournant la table.

Elle se figea soudain et laissa retomber son bras. La pomme tomba par terre, rebondit, puis disparut sous la table.

— C'est vrai, reprit Garrett. Je t'aime, Emily.

— Comment peux-tu en être sûr? murmura-t-elle.

— J'en suis sûr parce que je n'ai jamais vraiment aimé aucune femme avant de te connaître. Tout cela me paraît si évident, à présent... Et je crois que c'est pareil pour toi.

— Redis-le-moi, pour voir, fit-elle sans le quitter des yeux, comme si elle s'efforçait de lire ses pensées.

— Je t'aime, répéta-t-il.

Puis il rejeta la tête en arrière et rit à gorge déployée.

— Je t'aime, je t'aime... je t'adore! reprit-il d'une voix tonitruante. Je suis amoureux d'Emily Taylor, et je veux que tout le monde le sache!

Emily le regarda un moment sans mot dire, puis s'approcha de lui et dit simplement :

— Elle t'aime aussi.

Garrett l'enlaça alors, et Emily se mit à pouffer en sentant la pluie de baisers qui s'abattait sur ses joues. Mais soudain, elle le repoussa et commença à humer l'air.

— Qu'est-ce que ça sent? dit-elle. Oh! mon Dieu!

Le plantant là, elle se précipita vers la cuisinière, éteignit le feu et retourna la casserole qui était posée dessus. Mais rien n'en sortit.

— Qu'est-ce que c'était? reprit-elle, sidérée.

— Notre dîner, expliqua Garrett en la prenant par la taille.

— Oh! Garrett, fit-elle en secouant la tête. Je t'en supplie, promets-moi que tu ne mettras plus jamais les pieds dans ma cuisine!

— Impossible...

— Et pourquoi donc?

— Parce que je vais t'épouser. Et une fois qu'on sera mariés, je compte bien faire la moitié de la cuisine.

— Quoi? s'exclama Emily, suffoquée.

— Eh bien, ça ne te paraît pas normal de partager équitablement les tâches ménagères?

— Non, non, répète ce que tu viens de dire avant... Avant le truc sur la cuisine.

— Je vais t'épouser.

— Et c'est ça que tu appelles une demande en mariage?

— Oh! Je présume que tu veux que je fasse ça dans les règles? Bon, d'accord, dit-il en mettant un genou à terre. Emily Taylor, voulez-vous m'épouser?

— Et pourquoi devrais-je vous épouser, monsieur McCabe? répliqua-t-elle, les yeux pétillants de malice.

— Parce que je t'aime et que je veux passer ma vie avec toi... Oh! et puis, parce que je viens d'accepter de tenir une rubrique sur la vie de couple dans le *Boston Globe*.

Emily ne put s'empêcher de rire.

— Tu es incorrigible ! Qu'est-ce que je vais bien pouvoir faire de toi ?

Alors, Garrett l'attira vers lui et la prit dans ses bras.

— Ma foi, lui murmura-t-il à l'oreille, quitte à être dans une cuisine... que dirais-tu d'essayer de me séduire ?

Épilogue

Il n'y avait presque personne chez Flynn quand ils arrivèrent. Garrett conduisit Emily dans l'arrière-salle, suivi par Tru et Josh, un bras autour des épaules de leurs femmes respectives. Puis ils s'assirent tous à leur table habituelle, et Eddie vint prendre les commandes.

— Alors, quoi de neuf ? s'enquit le barman. Ça fait un sacré bail que je ne vous ai pas vus !

Taryn se redressa aussitôt sur sa chaise.

— Josh et moi avons du nouveau ! déclara-t-elle. Nous partons pour Paris la semaine prochaine. Je vais travailler quelques mois avec mon ancien professeur de dessin, et Josh en profitera pour perfectionner son français avec mon vieil ami Berti. Et nous allons loger sous les toits, sur la rive gauche.

— Comme c'est romantique ! s'extasia Emily.

— Si tu y tiens, rien ne nous empêche d'installer notre lit dans le grenier de ta maison, lui chuchota Garrett à l'oreille.

— C'est malin ! répliqua-t-elle en lui donnant une petite tape sur la main. Ce n'est pas pareil...

Puis Tru prit à son tour la parole.

— Nous aussi, nous avons du nouveau. Caroline, dis-leur !

— J'attends un bébé, voilà, déclara Caroline en serrant tendrement la main de son mari.

— Un bébé? s'écria Taryn, au comble du ravissement. Mais pourquoi ne me l'as-tu pas dit plus tôt? Tu entends ça, Josh? Oh! Tru, je suis sûre que tu feras un papa formidable!

— Toutes mes félicitations, Caroline, déclara Emily. C'est une merveilleuse nouvelle!

Puis Tru se tourna vers Garrett.

— Et toi, McCabe? demanda-t-il. Qu'as-tu à nous annoncer?

— Bonne question, répliqua Garrett. Emily, qu'est-ce qu'on devait leur annoncer, au juste? On n'a sûrement pas fait tout ce chemin pour rien!

— Cesse de me taquiner, protesta Emily en glissant son bras sous celui de son compagnon. Notre nouvelle, expliqua-t-elle, c'est que Garrett et moi allons nous marier.

— Mais c'est un miracle! s'exclama Taryn. Quand ça?

— Aujourd'hui, répondit Garrett. A 14 heures aux Descanso Gardens. Et vous êtes tous cordialement invités. D'ailleurs, tous les résidents de Bachelor Arms seront de la fête.

— Eddie, champagne pour tout le monde! s'exclama Tru. Sauf pour la future mère de mes enfants, qui se contentera d'un verre de lait. Vite, j'ai un toast à porter!

Eddie partit s'affairer quelques instants derrière le bar, puis reparut avec une bouteille et des flûtes. Enfin, quand tout le monde fut servi, Tru leva son verre.

— A la dame du miroir!

Josh, Garrett et lui trinquèrent joyeusement, puis tous trois burent leur champagne d'un seul trait.

— Quelle dame? s'enquit alors Emily.

— Oh! Ce sont juste des racontars de bonne femme!

déclara Garrett. Une vieille légende idiote à propos d'un miroir.

— Mais je ne connais pas cette histoire, dit Caroline. De quoi s'agit-il ?

— Il paraît qu'il y a un miroir bizarre dans l'appartement 1-G, expliqua Taryn. Que, si on aperçoit une femme dedans, on est sûr de voir ses pires craintes ou son rêve le plus fou se réaliser. As-tu vu ce miroir, Josh ?

— Moi ? Non, jamais. Et toi, Tru ?

— Moi non plus, répliqua Tru. Garrett ? Tu as vu quelque chose ?

— Bien sûr que non. Je parie qu'il n'y a même pas de miroir !

— C'est bizarre, cette histoire, non ? murmura Emily, songeuse.

— Si on veut, répliqua Caroline. Mais tu sais ce qui est vraiment bizarre ? Eh bien, regarde ces trois-là : il y a quelques mois, ils étaient encore tous célibataires. Et maintenant, les voilà tous casés, et presque en même temps !

Alors, Emily, Caroline et Taryn levèrent leur verre.

— A nos trois ex-célibataires et à Bachelor Arms, proclama Emily. Et à la dame du miroir... Qui qu'elle soit !

Chère lectrice,

Vous nous êtes fidèle depuis longtemps?
Vous venez de faire notre connaissance?

C'est pour votre plaisir que nous avons
imaginé un rendez-vous chaque mois
avec vos auteurs préférés, vos
AUTEURS VEDETTE dans les
collections Azur et Horizon.

Les AUTEURS VEDETTE vous
donneront rendez-vous pour de
nouveaux livres vedette.

Pour les reconnaître, cherchez
l'étoile... Elle vous guidera!

Éditions Harlequin

HARLEQUIN

LE FORUM DES LECTRICES

CHÈRES LECTRICES,

VOUS NOUS ÊTES FIDÈLES DEPUIS LONGTEMPS?

VOUS VENEZ DE FAIRE NOTRE CONNAISSANCE?

SI VOUS AVEZ DES COMMENTAIRES, CRITIQUES À
FORMULER, DES SUGGESTIONS À OFFRIR, N'HÉSITEZ PAS...
ÉCRIVEZ-NOUS À :   LES ENTREPRISES HARLEQUIN LTÉE.
                     498 RUE ODILE
                     FABREVILLE, LAVAL, QUÉBEC.
                     H7R 5X1

C'EST AVEC VOS PRÉCIEUX COMMENTAIRES QUE NOUS ALLONS
POUVOIR MIEUX VOUS SERVIR.

MERCI, À L'AVANCE, DE VOTRE COOPÉRATION.

BONNE LECTURE.

HARLEQUIN.

VOTRE PASSEPORT POUR LE MONDE DE L'AMOUR.

COLLECTION
HORIZON

Des histoires d'amour romantiques qui
vous mènent au bout du monde!

Découvrez la passion et les vives
émotions qu'apportent à la Collection
Horizon des auteurs de renommée
internationale!

Captivantes, voire irrésistibles, ces
histoires d'amour vous iront
assurément droit au coeur.

Surveillez nos quatre nouveaux titres
chaque mois!

La COLLECTION AZUR

Offre une lecture rapide et

- ☑ stimulante
- ☑ poignante
- ☑ exotique
- ☑ contemporaine
- ☑ romantique
- ☑ passionnée
- ☑ sensationnelle!

COLLECTION AZUR...des histoires
d'amour traditionnelles qui vous
mènent au bout du monde!
Six nouveaux titres chaque mois.

Composé sur le serveur d'EURONUMÉRIQUE, à MONTROUGE
PAR LES ÉDITIONS HARLEQUIN
Achevé d'imprimer en octobre 1997
sur les presses de l'Imprimerie Bussière
à Saint-Amand-Montrond (Cher)
Dépôt légal : novembre 1997
N° d'imprimeur : 1876 — N° d'éditeur : 6828

Imprimé en France